庫

文庫書下ろし／長編時代小説

洲《す》崎《さき》雪舞《ゆきのまい》

剣客船頭㈥

稲葉　稔

光　文　社

この作品は光文社文庫のために書下ろされました。

『洲崎雪舞』目次

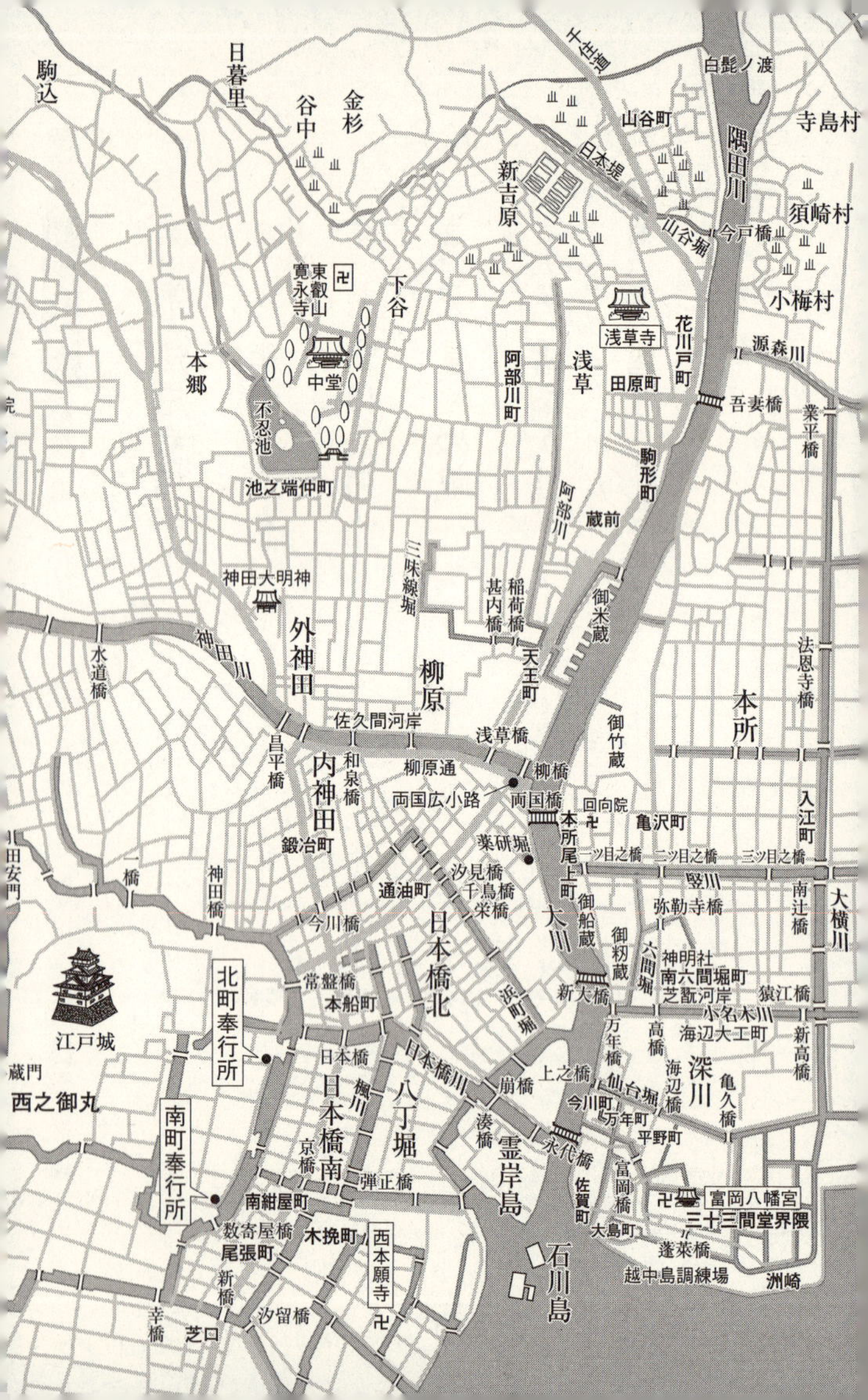

駒込
日暮里
谷中
金杉
千住道
白髭ノ渡
山谷町
寺島村
隅田川
日本堤
新吉原
山谷堀
今戸橋
須崎村
東叡山
寛永寺
下谷
小梅村
浅草寺
花川戸町
源森川
本郷
中堂
阿部川町
浅草
田原町
吾妻橋
業平橋
不忍池
駒形町
池之端仲町
阿部川
蔵前
三味線堀
稲荷橋
甚内橋
神田大明神
御米蔵
外神田
神田川
水道橋
天王町
柳原
法恩寺橋
本所
佐久間河岸
浅草橋
御竹蔵
昌平橋
内神田
和泉橋
柳原通
柳橋
両国広小路
両国橋
回向院
本所尾上町
亀沢町
入江町
鍛冶町
薬研堀
一ツ目之橋
二ツ目之橋
三ツ目之橋
一橋
神田橋
汐見橋
千鳥橋
栄橋
通油町
竪川
御船蔵
弥勒寺橋
南辻橋
大横川
日本橋北
大川
今川橋
御籾蔵
六間堀
神明社
南六間堀町
芝翫河岸
猿江橋
常盤橋
本船町
新大橋
浜町堀
小名木川
北町奉行所
江戸城
万年橋
高橋
海辺大工町
新高橋
日本橋
日本橋川
深川
上之橋
崩橋
海辺橋
西之御丸
楓川
八丁堀
仙台堀
亀久橋
日本橋南
今川町
万年町
湊橋
平野町
南町奉行所
京橋
霊岸島
永代橋
弾正橋
富岡橋
佐賀町
富岡八幡宮
三十三間堂界隈
南紺屋町
大島町
数寄屋橋
木挽町
尾張町
西本願寺
石川島
蓬莱橋
新橋
越中島調練場
洲崎
汐留橋
幸橋
芝口

主な登場人物

沢村伝次郎
元南町奉行所定町廻り同心。辻斬りをしていた津久間戒蔵の捕縛にあたり、すんでのところで逃げられる。その後、津久間に妻や子を殺害される。探索で起きた問題の責を負い、同心を辞め、嘉兵衛の弟子となり船頭になる。

千草
伝次郎が足しげく通っている深川元町の一膳飯屋「めし　ちぐさ」の女将。伝次郎に思いを寄せている。

津久間戒蔵
元肥前唐津藩小笠原家の番士。江戸市中で辻斬りを繰り返し、世間を震撼させる。捕縛にあたった伝次郎たちに追い詰められながら逃げ続けている。

お道
赤坂の遊女屋の元女郎。売上金を盗んで逃げていたところを津久間に救われ、その後、津久間を介抱している。

嘉兵衛
伝次郎に川のことを教えた船頭の師匠。襲われた伝次郎の身代わりになって刺されて亡くなった。

広瀬小一郎
本所方同心。かつて定町廻り同心をしていた伝次郎と知り合いだが、過去を伏せてくれている。

酒井彦九郎
伝次郎の上役だった南町奉行所定町廻り同心。

成吉
本所方同心・広瀬小一郎の小者。

丈助
本所方の道役で、本所方同心・広瀬小一郎の下役。

仁三郎
伝次郎と懇意の船宿川政の船頭。

剣客船頭㈥

洲崎雪舞

第一章　法恩寺橋

一

師走《しわす》に入った。

江戸はなんとなく落ち着きをなくし、町屋にある商家はその年最後の書き入れどきに精を出し、長屋の連中は年越しの金と、溜まったつけを払うための算段に苦心《くしん》惨憺《さんたん》していた。

苦心するのは、商家の掛け取りも長屋の大家もそうである。取られるほうはなんとか日延べしようと、いいわけを考える。

毎年暮れになると、こういった鼬《いたち》ごっこを繰り返すのが江戸っ子だった。

とにかく要は、「金」なのである。

牛坂《うしざか》の惣助《そうすけ》も金に困っていた。

(金がほしい)

頭の中にはそのことしかない。とにかくこうなったら泥棒でもなんでもやってやろうという、切羽《せっぱ》詰まった気持ちがあった。

その朝は寒かった。

地面には霜柱《しもばしら》が立ち、田畑は白い霜におおわれていた。

吐く息が白い。

足許《あしもと》からしんしんとした寒さが這《は》い上がってきて、体を縮こませる。しばらく月代《さかやき》を剃《そ》っていないし、髷《まげ》に櫛《くし》も入れていないので、むしったような頭になっていた。

棒縞木綿《ぼうじまもめん》の下には綿入れを着込んではいるが、

(とにかく寒い)

のだった。

両手に息を吹きかけ、襟《えり》を立てて渋谷川《しぶやがわ》沿いの畦道《あぜみち》を歩きつづけた。

空はどんよりした雲におおわれていて、まるで夜明け前か夕暮れのような天気だった。川沿いの藪《やぶ》で、百舌《もず》がいびつな鳴き声をあげていた。止まっている木の枝に泥鰌《どじょう》を突き刺している。

惣助は渋谷広尾町《ひろおちょう》を急ぎ足で通り抜けると、松平美濃守《まつだいらみののかみ》の下屋敷《しもやしき》の裏塀沿いの道を進み、金王八幡宮《こんのうはちまんぐう》門前町にある長屋を訪ねた。

「兄貴、いるかい」

声をかけると、すぐに「入れ」という返事があった。

「この家の中も外と変わらねえぐれえ寒いじゃありませんか」

「しゃああんめえ。こっちに来てあたれ」

惣助は真造《しんぞう》にうながされて居間にあがりこむと、手焙《てあぶ》りに手をかざした。

「あてはできましたか？」

惣助は手をこすりながら真造の痩《や》せた顔を見る。

二人は韮山《にらやま》の富三郎《とみさぶろう》の子分だった。だが、富三郎が半年前に鮫洲《さめず》の甚五郎《じんごろう》一家との賭場《とば》争いで刺されて死ぬと、それまでの縄張りもなくなり、仲間は散り散りになっていた。

「面白いやつを見つけた」

「それは……」

「浪人がどうしたんです。儲《もう》け話でもくれたんですか？」

「そうじゃねえ。女房と二人暮らしだが、金に不自由はしていねえ。それに、住んでいる家は町屋から外れている林の中の一軒家だ」

真造は削げた頰《そ》に笑みを浮かべ、ふふっと笑った。

「まさか……」

「おいおい、物騒《ぶっそう》なこと考えるんじゃねえよ。こう懐《ふところ》が寒くっちゃ年も越せねえし、満足におまんまにもありつけねえ始末だ。背に腹は替えられねえ。ちょいと小金をいただこうって寸法さ」

「相手は侍じゃねえですか。やすやすできることじゃねえでしょう」

「やつは病気持ちだ。体が弱ってる。刀も満足に使えそうもねえ」

「女房が騒いだらどうします」

「心配には及ばねえさ。女房はちょいちょい出かけることがわかった。医者に薬をもらいに行ったり、買い物したりとな。その間に片づけちまえばいい」

惣助は粗末な家の中に視線をめぐらしてから、

「やりますか」

と、その気になった。

「今夜の酒代もない。これから行ってみようじゃねえか。それにしてもその頭どうにかならねえのか」

真造はぼさぼさになっている惣助の乱れ髷《まげ》を小突《こづ》いた。

「金ができりゃ湯屋に行ってちゃんとしますよ。なにせ、すかんぴんなんですから……」

「ま、いいだろう」

二人は揃って長屋を出た。

真造は歩きながら、めあての浪人をどうやって見つけたかを話した。

それは三日前のことだった。

真造は渋谷道玄坂《どうげんざか》町にあるしけた賭場で、小金《こがね》を稼いで表道に出た。そのおりに、浪人の亭主を庇《かば》うようにして歩く女房がいた。

「お金には困っていないんだから、たまには精をつけて帰りましょうよ」

そういった女房の声が真造の耳にはいった。

亭主は鰻《うなぎ》や泥鰌鍋を食べたいが、この辺には気の利《き》いた店がないので、家に帰って温かいけんちん鍋を作ってくれと女房に頼んだ。

(金には困っていない……か……)

真造は浪人夫婦を見送ったあとで、こっそり尾行したのだった。

「それで家を突きとめたんですね」

話を聞いた惣助は、目を光らせる。

「明くる日に様子を見に行ったんだ。そこで、これはちょいといいカモだと思ったのよ」

「金に困っていねえってことは、しこたま持ってるってことですかね」

「そりゃあわからねえが、そこそこは持ってるってことだろう。なに、半日も様子を窺《うかが》ってりゃあっさり終えられる仕事だ」

二人は渋谷川に架かる板橋をわたると、そのまま南へつづく道を辿《たど》った。

二

津久間戒蔵《つくまかいぞう》は軽い咳《せき》をして、障子《しょうじ》にあたりはじめた日の光を見た。

（ようやくお天道《てんと》様が出てきたか……）

そう思って、腰をあげて縁側に出た。

庭先にある寒椿《かんつばき》に、目白《めじろ》が群がっていた。蜜を吸いに来ては飛び立ち、またちがう目白がやってくる。

周囲の林では、鵯《ひよどり》や百舌の声が聞かれる。

曇った空の割れ目から光の束が地上に射《さ》していた。

「天気が持ちなおしそうですね」

台所からお道《みち》が声をかけてきた。

「ああ」

と、津久間は短く返事をする。それから障子を閉めて、座敷の火鉢にあたった。

（持ちなおすか……）

津久間はお道の言葉を反芻《はんすう》した。

持ちなおしているのは、おれの体だと思いもする。喀血《かっけつ》も少なくなり、ひどい咳《せき》も小康状態だ。心持ち太った気がするし、お道は顔色がよくなったという。

お道の世話がよいのか、医者のくれる薬が効いているのか、はたまたこの家がいいのかわからなかった。とにかく体力を取り戻しつつある自分に津久間は気づいていた。

(思いの外《ほか》、おれは命運があるのかもしれぬ)

そう思わずにはいられなかった。

「今日は障子紙を買いに行ってきます。年を越す前に貼り替えたいですからね」

台所にいたお道がそばにやってきた。

「天気がよくなったから、やっぱり出かけてきますよ。お医者によってお薬ももらってきましょう」

津久間は黙って、差しだされた茶を受け取った。

「煙草《たばこ》はいけませんよ。体にさわるんですからね」

「ガミガミうるさい女だ」

「旦那のためなんですから、そんなことといいっこなしよ」

お道は宥《なだ》めるようにいってにっこり微笑む。

元は赤坂《あかさか》の遊女屋の女だった。足抜《あしぬき》して、追ってきた男たちに捕まりそうになったところを津久間が救ったのがきっかけで、面倒を見てくれるようになった。

いまはすっかり女房気取りである。

鼻ぺちゃだが、醜女《しこめ》ではなかった。生来《せいらい》そうなのか、世話好きでよく気の利くのが津久間の気に入るところだった。もし、そうでなければとうに追いだしているはずだ。

「それじゃ行ってきますよ。寒いからあまり表には出ないでくださいね。風邪を引いたら、せっかく治りかけの病気がひどくなりますからね」

お道は黙っている津久間に、褞袍《どてら》を肩にかけて家を出ていった。

「まったく……」

チッと舌打ちする津久間だが、いまはお道が頼りだった。

（それにしても……）

煙管《きせる》をつかんで、日のあたる障子を眺めた。こう命が持つってことは、やはりあの男を仕留めるまでは死ねないということか、と心中で思いながら、煙管の吸い口で眉間《みけん》の古傷をなぞった。

沢村伝次郎《さわむらでんじろう》という町奉行所同心《まちぶぎょうしょどうしん》に斬られた傷だった。津久間は腹いせに伝次郎を殺しに行ったが、当人がいなかったので逆らってきた家の者たちを斬殺していた。

だが、目的は果たしていない。

神や仏がいるなら、

（やはり、おれはあの男を殺すまでは死ねないってことか……）

と、胸の内でつぶやき、煙管に火をつけたが、とたんにごふぉごふぉと、咽《む》せるように咳をした。咳はすぐには止まらず、ついにはコホンコホンと狐《きつね》の鳴くような音になった。

口を押さえた掌《て》を見ると、薄い血がついていた。

「くそッ」

津久間は煙管を放り投げた。好きな煙草はやはりやめだと思う。

そのとき、戸口に声があった。

「もし、おいでですか？」

津久間は誰だろうかと、一瞬身構えた。この家を訪ねてくる者は少ない。いや、ほとんどいないといっていい。

「どなたで……」

「ちょいとお訊《たず》ねしたいことがあるんです」

言葉つきは丁寧だ。津久間は腰をあげて戸口を開けてやった。と、目の前に頭巾でしっかり顔を隠した男が二人立っていた。

突然のことに虚《きょ》をつかれた津久間は、どんと胸を突かれて、土間《どま》に尻餅《しりもち》をついた。すぐに立ちあがろうとしたが、小太りが匕首《あいくち》を喉元に突きつけてきた。もうひとり痩せた男がそばに立って見下ろしてくる。

「なんの真似だ」

津久間は尻餅をついたまま二人をにらんだ。

「おとなしく金を出しな。用はそれだけだ」

小太りがそんなことをいう。

津久間はおかしくなった。だから、片頬に嘲笑《ちようしよう》を浮かべた。

「おれを脅して金を盗みに来たってことか」

「素直に出しゃァ怪我はしねえ」

「馬鹿げたことを……」

津久間は笑って二人を眺めた。すると小太りに頬を引っぱたかれた。とたん、津久間は形相《ぎようそう》を変えた。腹の中で凶暴な怒りが滾《たぎ》った。

「素直に出せっていってんだ。早くしろ！」

「おめえら、おとなしく帰らねえと命を落とすぜ」

「なにをッ」

痩せがいきなり匕首をふりかざした。脅しのつもりだったのだろうが、津久間は怒りを爆発させた。

目の前の小太りの顎を素早く片肘《かたひじ》で打ちたたくと、匕首をふりかざした痩せの腕をつかみ取って、表に放り投げた。痩せは思い切り地面に腰を打ちつけて、悲鳴をあげた。

その間に小太りが立ちあがって、斬りかかってきた。津久間は相手が考えられないほどの俊敏さで、懐に飛び込むと、そのまま匕首を持った腕をねじりあげ、足払いをかけて羽目板《はめいた》にたたきつけた。

「人を見くびるんじゃねえ！」

津久間は自分でも信じられないほど、声量のある声をひびかせた。

「てめえらみたいなクズに脅されるおれじゃねえ！　金がほしかったら面洗《つら》いなおして来やがれッ！」

勢いよく小太りの頭巾を剝《は》ぎ取ってやった。相手は心底《しんそこ》おびえた顔をして、転げるように表に這《は》い出ると、

「いけねえ、こりゃまずいですぜ」

と、連れの痩せをうながして、あっという間に逃げていった。その慌てぶりは滑《こっ》稽《けい》なほどで、匕首を拾うゆとりさえなかった。

「たわけが……」

逃げる二人を見送った津久間は、吐き捨てるようにつぶやいたが、急にひどい咳に襲われ、胸を押さえた。

三

その日は、一段と寒い朝であった。

長屋のどぶに氷が張り、井戸端に行って釣瓶《つるべ》をおろしても、コンという音がひびく。そんなときのために、長屋の者はちゃんと物干し竿《ざお》を用意している。

沢村伝次郎は両手に、はっと息を吹きかけて、物干し竿を使って井戸の氷を割って水を汲《く》みあげた。水桶に手を突っ込むと痺《しび》れるように冷たい。伝次郎はばしゃばしゃと顔を洗い、腰の手ぬぐいで顔を拭いて、空をあおいだ。

夜明け前の空には、星が浮かんでいた。雲は少ない。

今日は天気がよくなりそうだ。そう思った伝次郎は家に戻ると、木刀を持って神《しん》明社《めいしゃ》に向かった。棒手振《ぼてふり》や納豆売りの姿もない。

神明社の境内《けいだい》はひっそりしている。早起きの若い禰宜《ねぎ》（宮司の倅《せがれ》かもしれない）が、掃き掃除をしていた。おはようございますと挨拶をしてくる。

「おはよう」

もう、顔なじみになっていたが、挨拶以外言葉を交わすことはなかった。伝次郎が上半身裸になって、素振りをはじめると、禰宜は掃除の手をとめしばらく眺めていたが、そのうち興味をなくしたように掃き掃除に戻った。

伝次郎はゆっくり素振りをする。息を吸って吐く。吐いて吸う。単調な動作だが、狂うことのない一定の調子を保つ。

息を吐くたびに白い筒ができた。隆《りゅう》とした胸板と肩が汗ばんできて、仮想の敵を見立てた型稽古《かたげいこ》にはいると、体から湯気が立ち上った。

木々の隙間《すきま》越しに朝日が射してきて、地面にまだらな影を作った。雀《すずめ》が地面に降り立ち、なにかをついばみはじめれば、南天《なんてん》の木に目白が飛んできてさえずりをあげる。

送り足を使っての撃ち込み、仮想の敵の反撃を横にまわってかわし、すり足を使って間合いを詰めると同時に、胴を抜く。

転瞬《てんしゅん》、身をひるがえして大上段から唐竹割《からたけわ》りの一撃。

残心《ざんしん》を取った伝次郎は、ゆっくり息を吐きながら後ろに下げていた足を引きつけ、木刀を静かにおろした。

稽古は毎日のようにやっている。体力の衰えは感じないし、船頭という仕事柄、町奉行所の同心時代よりも筋肉がついていた。

家に帰って昨夜のみそ汁を温め、冷や飯にぶっかけてすすり込む。侘《わび》しい朝餉《あさげ》であるが、具《ぐ》だくさんなので十分だった。

船頭仕事を教えてくれた嘉兵衛《かへえ》は、生前よくいったものだ。

「おめえさんはよく食う。いいことだ」

しわの多い老顔に笑みを浮かべて、伝次郎の食べっぷりを楽しそうに眺めていた。

「酒も強《つえ》エし、いい職人になるぜ。おれも若いときゃおまえさんみたいに食ったもんだが、年取ると食が細くなっていけねえ」

そういう嘉兵衛はうまそうに煙管を吸った。

伝次郎は嘉兵衛との来し方を思いだして、朝餉《あさげ》を終えた。

腹掛け半纏《ばんてん》に股引《ももひき》というなりで、自分の舟をつないである芝翫《しかん》河岸《がし》に行く。朝日の射す小名木川《おなぎがわ》から霧が立ち上っていた。川霧はまるで生き物のように河岸道を這い、そして煙のように消えてゆく。

舟底の淦《あか》を掬《すく》いだし、雑巾をかける。客を乗せる猪牙《ちょき》である。手入れは怠《おこた》ることなくやっているが、さすがに寒い冬はしんどい仕事になる。

喫水下《きっすい》の舟縁《ふなべり》や舟底にはいつしか貝やふじ壺《つぼ》、あるいは川苔《かわごけ》が付着する。貝ひとつでもつけば、すぐに取り除く。手入れのいい舟は長持ちするし、なにより嘉兵衛の形見《かたみ》である。粗末にはできなかった。

「今日も寒いね。昨日より一段と寒いんじゃやねえか」

ひと作業終えたときに、雁木《がんぎ》の上から声をかけてくるものがいた。振り返ると川《かわ》政《まさ》の船頭・与市《よいち》だった。不機嫌そうな顔をしているが、冗談や洒落《しゃれ》が好きな楽しい男だった。

「しばらくはこんな調子でしょう」

「冷え込むといやだね。伝次郎、たまにはやらねえか」

与市は酒を飲む仕草をする。

「熱い鍋に、熱燗《あつかん》はこの時季たまらねえからな」

「いつでも誘ってください」

「今夜でもいいぜ。早めに仕事あげて、千草《ちぐさ》の店あたりでどうだい？」

「わかりました」

与市はぶるっと肩を揺すって勤め先の船宿・川政に向かっていった。五十の坂を越した男だが、病気知らずの元気者だった。

川政の舟着場を見ると、雇われている船頭たちがちらほら見える。舟に乗り込むものもいれば、舟着場の上で煙草を吸いながらおしゃべりをしているものもいる。伝次郎は川政の主《あるじ》・政五郎《まさごろう》とウマが合い、よく酒を酌《く》み交《か》わすが、雇われている船頭たちもみな気のいいものばかりだった。

いつしか日が高くなり、川霧が薄れていた。河岸道にも人の姿が増えた。万年橋《まんねんばし》をくぐって、艀《はしけ》舟がやってくる。小名木川は日の光をきらきら照り返していた。高橋《たかばし》の上を捩《ねじ》り鉢《はち》巻《ま》きをした棒手振が、駆けるようにわたり去るのを見送った伝次郎は、棹《さお》をつかんで神田川《かんだがわ》に行くことにした。

舟着場の岸を棹で突くと、猪牙はすうっとミズスマシのように小名木川の中ほどに滑り出た。

ほどなく小名木川の河口に架かる万年橋をくぐり抜け大川《おおかわ》に出た。とたん、水量が多くなる。満潮のようだ。川は穏やかだが、うねるような波が立っていた。堀川とちがい、大川での操船には技量がいる。川幅は場所によって差違はあるが、おおむね百間《けん》はある。当然、深い澪《みお》があれば浅瀬もある。かといって昨日深かった場所が、別のところに移動していることもある。

——伝次郎、川ってェのは、たいした生き物だ。そうは思わねえか。

船頭の師匠・嘉兵衛は口癖のようにいっていた。

流れに逆らって上るので、伝次郎は棹から櫓《ろ》に替える。ぎっしぎっしと櫂《かい》と櫓臍《べそ》の板がこすれあって軋《きし》みをあげる。平田舟《ひらたぶね》や帆を下ろした高瀬舟《たかせぶね》が下ってきていた。

それらの運搬船は下るときは楽だが、流れを遡《さかのぼ》るときは、川岸を這うように、それこそなめくじのようなのろさで進む。

伝次郎は平田舟の進路を遮《さえぎ》らないように、大川を斜めに横切り、大川沿いを辿った。大橋をくぐり抜け、柳橋《やなぎばし》を過ぎるころにはうっすらと汗をかいていた。それでも吹きつけてくる風は冷たい。

佐久間河岸《さくまがし》に舟をつけて、客待ちをする。最近は朝のうちに、ここで客を待ち、それから一日をはじめるようになっていた。

そうはいっても客待ちの場所は、佐久間河岸だけとはかぎらない。仙台堀《せんだいぼり》や山谷《さんや》堀《ぼり》ということもあるので、そのときどきだ。もっとも、他の船宿の営業を邪魔してはいけないので、それなりの礼儀はわきまえている。

その日は佐久間河岸から深川へ客を送り、油堀《あぶらぼり》で拾った客を楓川《もみじがわ》の材木河岸《ざいもくがし》まで乗せて行き、その後、芝翫河岸から山谷堀へ客を送り届けた。

帰りにはまた山谷堀から深川へ戻り、大横川《おおよこがわ》の法恩寺橋《ほうおんじばし》まで夫婦者を乗せたころに日が暮れはじめた。

気になる連中を見たのは、その帰り道だった。

派手な着物を着た鉄火肌《てっかはだ》の女が、数人の男女を引き連れて歩いていたのだ。そのなかの年取った男とひとりの女は、ずいぶんおびえた顔をしていた。他の者たちはその二人が逃げられないように、取り囲んで歩いているように見えた。

町方《まちかた》の気質が残っている伝次郎は、一目見ただけで、そこに犯罪の臭いを嗅《か》ぎ取った。だが、乱暴をしているわけでもない。なんとなくいっしょに歩かされている感じだが、年取った男と、三十年増《としま》の女はひどく臆病《おくびょう》な様子だった。

伝次郎は舟の上から眺めただけだが、女は逃げ道を探すように、何度もあたりを見まわしていた。顔色がすぐれず、髷も乱れていたし、泣きそうな表情だった。愁《うれ》いを含んだ瓜実顔《うりざねがお》で、ほつれ髪を頬に張りつけていた。

（……いったいどうしたんだ）

伝次郎は見送るだけだったが、女の顔が何度も瞼《まぶた》の裏に浮かび、妙な胸騒ぎを覚えた。

四

「与市さん、飲み過ぎよ。ほどほどにしておきなさいな」

千草がやってきて、酔いのまわっている与市に注意をして、伝次郎に視線をからませ、

「最後に一本だけよ」

と、いう。

その朝、約束したように伝次郎と与市は、「めし　ちぐさ」で湯豆腐をつつきながら酒を飲んでいたのだが、与市はかなり酩酊《めいてい》していた。

「最後の一本だなんて、そんな殺生《せっしょう》はいわねえでもいいだろう。店の売り上げに

なるんだ。千草さん、あんたもそんなケチをいわねえで一杯やりな」

与市は強引に自分の盃《さかずき》を千草に持たせて酌をする。

「明日も仕事なんですからね。これっきりにしなさい」

「これっきりこれっきりって、ッたく嬶《かかあ》みてえにうるさいこといいやがる。さ、つぎな」

与市は千草が飲みほした盃を奪い返すと、酌をしろと差しだす。もう呂律《ろれつ》がまわっていなかった。千草があきれ果てた顔で、与市に酌をして、

「これでほんとにおしまいよ」

と、釘を刺す。

「てやんでえ……。おりゃ、伝次郎と飲んでると気分がいいんだ。久しぶりに盃を傾けあう男と男の酒だ。それにしても伝次郎、おめえさんはえれェよ。嘉兵衛さんの跡をちゃんと継いで商売をやってる。男っぷりもいいし……お、そうだ。嬶はどうした。死に別れたと聞いちゃいるが、そろそろ身をかためたらどうだい。何だったらおれが世話してもいいぜ。おめえさんだったら、いい女のひとりや二人すぐにこさえられるだろう。どうだい、おれが世話するってェのは……」

与市はぐいっと、盃をあおったが、急にしゃっくりをはじめる。

「まあ、そのうち……」

「なにがそのうちだ。そのうちそのうちといってりゃ、あっという間に年取って耄《もう》碌爺《ろくじい》さんだ。こういうことは早いに越したことはねえ、ひっく……」

伝次郎は笑って誤魔化《ごまか》す。

板場《いたば》に下がった千草が、また伝次郎を見てくる。首を振って、連れて帰ってくれと目が訴えていた。

客は二人だけだった。ひどい風が吹いていて、戸障子がカタカタと鳴っていた。

「与市さん、そろそろ引きあげるか。おれも酔ってきた。これ以上飲むと明日にさわる」

「なんだ、おめえまで寂しいことといいやがって……チッ、ならしょうがねえな。おい、千草さん勘定《かんじょう》だ。おお、払いはおれにまかせておけ、おれが誘ったんだ。ひっく、若い船頭に奢《おご》られたんじゃ川政の船頭の名折《なお》れだ、ひっく……」

与市はなにがなんでも自分が払うといって聞かなかった。

「与市さん送っていこう」

表に出ると、伝次郎は与市に肩を貸して歩いた。送るといってもたいした距離ではない。千草の店から二町《ちょう》ほど行った八名川町《やながわちょう》の長屋だった。

千鳥足《ちどりあし》の与市を家に送り届けた伝次郎は、来た道を引き返した。千草の店のそばまで来ると、一度足を止めた。寒風が地面の土埃《つちぼこり》を巻きあげていた。

千草の店は行灯《あんどん》の火を落とし、暖簾《のれん》も下ろされていた。腰高障子《こしだか》に店のあかりがあるだけだ。店の前を通りすぎたとき、背後でがらりと戸の開く音がして、

「伝次郎さん」

という声が追いかけてきた。

振り返ると千草が店の前に立っていた。

「まっすぐ帰るのですね」

「……ああ」

そう応じると、千草が下駄音をさせて近づいてきた。

「風が冷たいわね」

「ああ」

「お昼、どうしてるんです？」

「お昼？」

伝次郎が首をかしげると、昼飯はどうしているのだと聞く。

「近ごろ店に来てくれないじゃありませんか」

「客を送った先で適当にすませているからな。頃合いのよいときに、こっちに戻ってくればおまえさんの店ですませるんだが……」

そこまでいって、伝次郎ははっとなった。

千草が手をつかんで指をからめてきたからだった。

「冷たい手……」

千草の手はあたたかかった。

「わたし、お弁当作ってあげようかしら。毎朝、伝次郎さんのうちに持って行くの」

「そんなこと……」

「喜んで作ってあげるわ。迷惑かしら……」

千草が体を寄せて見あげてくる。白いうなじが、星あかりにほのかに浮かんだ。

「迷惑ではないが……」

「じゃあ、作ってあげる」

千草は遮っていうと、嬉しそうに微笑んだ。

「明日から届けます。だからちゃんと食べてくださいよ」

「しかし、悪いな」

「いいの。わたしがそうしたいんだから気にしないで。それじゃ約束です」

千草はギュッと伝次郎の手をにぎりしめると、そのまま離れていった。それから
また伝次郎を振り返った。

「お休みなさい」

「ああ……」

千草は店に入って戸を閉めたが、その姿が消えても伝次郎はしばらく店の戸障子
を眺めていた。それから千草ににぎられた手をゆっくりあげて見た。

ふっと、笑みがこぼれる。

「弁当か……」

五

与市と飲んだ酒のせいか、翌朝はいつものようにすっきり起きることができなかった。井戸端で顔を洗っても、少し酒が残っていた。

これでは稽古にならないと思い、毎日の朝稽古をやめることにした。空はすでにあかるくなっており、長屋のあちこちの家から住人たちの声が聞こえてくる。

家に戻りかけたとき、長屋に入ってきた魚屋の棒手振が顔をあわせるなり、

「大変ですよ。新大橋《しんおおはし》に土左衛門《どざえもん》があがってんです」

という。

「土左衛門……」

「女です。身投げでもしたんでしょうが、こんな寒い師走に死ぬことないだろうと思うんですがね」

「身投げなのか」

「橋のそばは大騒ぎですよ。あっしは死人《しびと》の顔は見たくないんで、野次馬にはなり

ませんが……鯖《さば》のいいのがありますが、どうです？」

棒手振は商売に戻った。

「いや、今朝はいい」

伝次郎は断って家の中に入ったが、女の土左衛門が気になった。火鉢の炭をおこしてあたっていたが、じっとしていられなくなった。

（これも同心だったころの癖か……）

内心でつぶやいて苦笑いをするしかない。

長屋を出て新大橋に行くと、なるほど橋の東詰《ひがしづめ》に人がたかっていた。近くの自身番《じしんばん》のものが来て、親方と呼ばれる書役《かきやく》が番人にあれこれ指図《さしず》していた。

死体には筵《むしろ》がかけられていた。顔は見えないが、足首から先がのぞいている。白くて冷え切った足だ。

「知ってる者はいないんだな」

書役が野次馬たちを眺めて聞く。みんなは知った顔じゃないと返答する。

「すると、上のほうから流れてきたのかもしれないな」

書役は独《ひと》り言《ごと》のようにいって腕を組む。

「顔を見せてくれないか」

伝次郎が申し出ると、書役が顔を向けてきた。

「船頭だ。乗せた客だったら、顔がわかるかもしれねえ」

「じゃあ見てもらおうか」

伝次郎は野次馬をかき分けて、仏のそばにしゃがみ、そっと筵をめくった。血の気をなくした女の顔が朝日にさらされた。

髷がほどけ、乱れた髪が顔の半分をおおっていた。伝次郎は指先でその髪を払って、顔をじっと見た。

（これは……）

内心のつぶやきは、昨日法恩寺橋のそばで見た女だったからだ。

「知ってる顔ですか？」

書役が聞いてくる。

「いや、知らない女だが、昨日見かけたばかりだ。町方は呼びにいってるんだな」

「うちの番人が走ってる。そろそろ旦那がやってくるはずだから。あんた少しいてくれないか」

面倒なことにはかかわりたくはないが、放っておくわけにはいかない。

「誰が見つけた？」

しゃがんだまま書役を見あげると、

「そこにいるご隠居だよ。福蔵《ふくぞう》さんというが……」

と、髪の薄い老人を見た。

福蔵という老人は、新大橋のそばの御籾蔵《おもみぐら》脇にある深川元町《ふかがわもとまち》の住人だった。いつも橋の真ん中まで行って、大川の流れを見て帰るのが日課らしい。

「雨や雪が降らなきゃ毎日、橋の真ん中まで行くんです。富士山や筑波山《つくばさん》を見るのが好きでね。ところが今朝は、女がぷかりと浮かんでいるのを見ちまった」

福蔵は聞かれもしないことをいって、ぶるっと体をふるわせた。寒さのせいでそうしたのか、気色《きしょく》悪がってそうしたのかわからない。

「そばに誰かいなかったかい？」

「いないよ。まだ薄暗がりだったからね」

伝次郎は野次馬たちをひと眺めした。

昨日この女を取り囲むように歩いているものがいた。その連中がいないかと思ったのだが、はっきり顔は覚えていなかった。

「親方、おれは一度家に戻ってくる。どこの番屋（自身番）に行けばいい」

「八名川町の番屋に仏を運んでおく。じき、町方の旦那が来るはずだから……」

伝次郎はそのまま家に戻った。

戸を開けると、三和土《たたき》に千草が座っていた。

「声をかけても返事がないので、勝手に入っていました」

「それはかまわない」

「これ、お弁当」

「悪いな」

「船頭仕事は力仕事だからご飯は大盛りにしましたよ」

「ありがたい」

弁当をつつんだ風呂敷をもらって、千草を見る。

「新大橋の下で女の土左衛門があがってな。それを見に行っていたんだ」

「えっ……身投げかなにか……」

千草は目をまるくした。

「わからねえ。これから町方の調べがはいるが、じつはその女を昨日見かけているんだ。話を町方にしなきゃならない」

「師走に死ぬなんて……なにがあったのかしら……」

「千草、おまえさんもその女を拝んでくれないか。もし、知っている女なら身許がわかる」

「わたしが……」

「いっしょに行ってくれないか」

「わ、わかったわ」

伝次郎は半纏の上に褞袍《どてら》を羽織って、千草といっしょに八名川町の自身番に行った。女の死体は、戸口横の火《ひ》の見櫓《みやぐら》の下に置かれていた。仏の顔を見せたが、千草は知らないといった。

「暮らしがきつくて死んだのかしら……」

師走になれば、借金取りに追われるものが少なくない。生活苦で自殺するのが多いのも師走である。

「身許がわからなきゃ、それもわからねえってことだ。千草、弁当ありがとうよ。

今夜でもまた顔を出せるようだったら出す」

千草が帰っていくと、伝次郎は書役に女の持ち物や体に傷がなかったかと聞いた。

「持ち物はなにもなかったが、傷はどうかな。そこまで見ていないから」

「見ていいですかい？」

「そりゃかまわないが、検死は町方の旦那がやるから余計なことはしないほうがいいんじゃないか」

「見るだけだ」

調べにやってくる同心のことは知っている。相手も自分のことを知っているから、検死はやってもかまわなかった。

もう一度表に出て女の死体を見た。着物ははだけていて、帯はなくなっていた。貧弱な乳房が硬直していた。体も固くなってきている。胸や腹には傷は見られなかった。

死体を裏返すようにして背中を見て、目をみはった。華奢《きゃしゃ》な背中に無数の傷があったのだ。切り傷ではない。

一目で鞭《むち》や棍棒《こんぼう》などで殴られた痕《あと》だとわかった。殴られたりたたかれたりしてできた痣《あざ》は、背中だけでなく、尻や太股《ふともも》の裏側にもあった。

「伝次郎ではないか」

声に振り返ると、本所方《ほんじょかた》の同心・広瀬《ひろせ》小一郎《こいちろう》が小者《こもの》の成吉《せいきち》といっしょに立っていた。

六

「ちょっといいですか……」

伝次郎は立ちあがると、小一郎を自身番から少し離れたところまでいざなった。

「どうした？」

「見ればわかりますが、あの死体には殴られた痕があります。ひとつ二つじゃありません。ただの身投げじゃないでしょう」

小一郎は濃い眉をぴくっと動かした。伝次郎はつづけた。

「じつは死体となったあの女を昨日見かけているんです」

伝次郎はそういって、昨日法恩寺橋そばの河岸道を歩いていた女の様子と、連れの人間の話をした。

「これは勘ですが、身投げだったとしても裏になにかあるはずです」

「ふむ」

小一郎は小さくうなって、遠くに視線を投げ、親指の爪を噛んだ。色白で痩せ型のすっきりした体つきだから、見映《みば》えのよい男だ。年は四十を越えているが、五、六歳は若く見える。

「とにかく調べなきゃならねえが、助《すけ》をしてくれるか」

小一郎が顔を戻していった。

「それはかまいませんが、わたしの過去はないしょにしてもらえますね」

「心得た」

小一郎はさっと背を向けると自身番にはいり、すぐに検死にかかった。

その間、伝次郎は小一郎の仕事をつかず離れず眺めていた。そつのない仕事ぶりだ。

まずは女の身許を割りださなければならないので、小者の成吉を近場の町屋《まちや》の自身番に走らせ、身投げするのを見たものがいないか、聞き込みを開始した。

その間に、丈助《じょうすけ》という道役《みちやく》がやってきて、探索に加わった。道役は本所方（本所見廻り同心）の下役である。小者と同じような役割をする。

伝次郎も聞き込みを一刻《いっとき》ほど手伝ったが、女の身許はわからなかった。

「すまねえが、おめえさんが昨日仏になった女と、その連れを見たという法恩寺橋近辺を探ってくれねえか。なにかわかったら、松井町《まついちょう》の番屋に来てくれ」

小一郎は伝次郎に指図した。小一郎は常から松井町一丁目の自身番を、連絡場《つなぎ》に使っている。

伝次郎はもう一度家に戻ると、千草が作ってくれた弁当を持って、自分の舟に乗り込んだ。すでに日が高くなっているので、川政の舟の半数はいなくなっていた。

伝次郎は舟を小名木川の東へ進ませた。

棹を操りながら昨日のことを必死になって思いだそうとした。死んだ女と年寄りの男を取り囲むようにして歩いていた男は三人。

いや、四人だったか……。どうもその辺のことが曖昧《あいまい》だ。

しかし、先頭を行くのは、鉄火肌の女だった。その女は鶯《うぐいす》色の着物に藤《ふじ》色の羽織を着込んでいた。どんな柄だったか、どんな顔つきだったか思いだせない。

連れの男たちの顔も、臆病そうな顔をしていた年寄りの顔も思いだせない。

（こんなことだったら……）

もっとしっかり見ておくべきだったと、伝次郎は心中で悔やむ。

猿江橋《さるえばし》をくぐって大横川にはいると、そのまま北へ舳先《へさき》を向ける。法恩寺橋まで昨日のことを思いだそうと、記憶の糸を手繰《たぐ》ったが、やはりよく思いだせなかった。

舟を法恩寺橋のたもとにつけると、河岸道にあがり、まわりを眺めた。すぐそばに茶店があったので、床几《しょうぎ》に座り、道行く人に目を光らせた。

「ちょいと訊《たず》ねるが、この辺に派手な身なりをした女がいないか？」

伝次郎は茶汲《ちゃく》み女に声をかけた。

「派手な身なりですか……」

そばかす顔の女は首をかしげる。

「昨日見かけたんだ。見た目は姐《あね》ご肌で、藤色の羽織に鶯色の着物姿だった。この辺の女だと思うんだが……」

「舟賃でも取りはぐれたんですか？」

茶汲み女は伝次郎の身なりで船頭とわかるらしく、そう聞いた。

「そうじゃないが、覚えはないか」

「顔とか名前とかわかれば、答えられると思うんですけど……」

頼りない返事である。

その後、数軒の商家と茶店に立ち寄って同じことを聞いたが、期待する言葉は返ってこなかった。

あの連中はこの辺のものではなく、ただ昨日通りすぎただけかもしれない。するとどこから来たのだ。伝次郎は河岸道の北に目を向けた。業平橋《なりひらばし》のほうである。あの女と男たちはそっちからやってきた。

(そして……)

伝次郎は、今度は反対の南のほうに目を向ける。

深川の方角である。昨日はただ見送っただけで、あの連中がまっすぐ深川のほうへ行ったのか、それとも竪川《たてかわ》沿いの道を右に行ったのか、左へ行ったのかわからない。

念のため舟を業平橋に向けることにした。舟を出そうとしたとき、ひとりの侍に声をかけられた。聖天町《しょうでんちょう》までやってくれという。

気は進まなかったが、断るわけにはいかない。侍客を乗せて、大横川から大川に出て、そのまま川を遡ってゆく。

侍の客は身なりがよかった。本所あたりに住む旗本《はたもと》と思われた。その客は黙り込んだままなにもしゃべらなかったが、大川に出たところで、

「船頭、腕がいいな」

と、声をかけてきた。

「へえ」

「この舟は安心して乗っていられる」

「ありがとうございます」

「贔屓《ひいき》にしよう。見かけたら声をかけるので、また頼む」

「よろしくお願いします」

その客は山谷堀を入ったすぐのところで降りたが、舟賃の他に酒手《さかて》だといって余分に金を払ってくれた。

伝次郎は今戸橋《いまどばし》のたもとにある茶店によって、千草が作ってくれた弁当を広げた。玉子焼きに貝の佃煮《つくだに》、そして沢庵《たくあん》。飯は大盛りだった。

夜の遅い仕事なのに、早起きをして作ってくれた千草に感謝する。

（それにしても、なぜ……）

心中で問う伝次郎だが、うすうす感づいていることはあるし、自分の心にも変化のあることを知っていた。

箸を止めて、昨夜千草につかまれた手の感触を思いだした。

何気なく川を下る舟を眺める。向島《むこうじま》からわたってくる舟もあった。ぼんやりとそんな風景を眺めるうちに、千草の顔が瞼の裏に浮かびあがる。

（いかん）

伝次郎はかぶりを振って、残りの飯を平らげ舟に戻った。小一郎の調べを聞きに行こう。なにかわかったことがあるかもしれない。

七

本所松井町の自身番を訪ねると、上がり框《かまち》に座って茶を飲んでいた小一郎が、ひょいと顔を向けてきた。

「なにかわかったか……」

「いえ。広瀬さんのほうは？」

「まだなにもない。ちょいと表で話そう」

伝次郎と小一郎は、表の床几に並んで腰掛けた。

「朝は寒かったのに、いい陽気になったな」

小一郎はのんきなことをいって、晴れわたっている空を見あげた。

「少しずつあったかくなっていくんでしょう。今日は水が少しぬるんでいる気がします」

「すっかり船頭が板についたな」

小一郎が穏やかな眼差しを向けてきた。

以前は、おまえとは肌が合わないというような、いやな目をしていたが、人が変わったようだ。

「おぬしも大変だったな。まだ、津久間戒蔵を探しているのか？」

「あきらめるわけにはまいりません」

伝次郎は武士言葉になって応じた。

「そうであろう。妻と子を殺されたのだからな」

「小者と中間《ちゆうげん》も手にかけられました」

伝次郎は膝に置いた拳をにぎりしめた。

「酒井《さかい》さんからいわれたよ。おぬしが深川にいるから、なにかあったら目をかけてやれとな。かといって、なにをしてやれるわけじゃねえが……」

「そういってもらえるだけで嬉しいです」

小一郎が口にした酒井とは、南町奉行所定町廻《じようまちまわ》り同心だ。

伝次郎の上役《うわやく》だった男である。

「おぬしが御番所《ごばんしよ》を去ったのは、酒井さんと松田《まつだ》さん、中村《なかむら》さんの三人を庇《かば》ってのことだったというのも先日はじめて知った」

「そんなつもりではなかったのですが……」

そういう伝次郎だが、誰かが詰《つ》め腹《ばら》を切らなければ、面倒なことになったのはたしかである。盗みのために辻斬りを繰り返していた津久間戒蔵を、伝次郎たちは必死の探索でようやく追いつめたのだが、その場所が悪かった。

幕閣内でもうるさ型で通っている大目付《おおめつけ》・松浦伊勢守忠《まつうらいせのかみただし》の下屋敷だったからで

ある。伊勢守は、自分の屋敷で捕り物騒ぎを起こされたことに腹を立て、老中《ろうじゆう》に注進すると同時に南町奉行・筒井和泉守政憲《つついいずみのかみまさのり》に激しく抗議した。

極悪人を捕縛《ほばく》するためとはいえ、旗本屋敷で騒動を起こすのは言語道断《ごんごどうだん》というのであった。手はずを踏んでの捕縛なら目をつむれたが、そうではなかったので立腹したのだ。

挙《あ》げ句《く》、伝次郎たちは津久間を逃したばかりではなく、その後、津久間は伝次郎の妻子と雇っていた中間と小者を殺して行方をくらましつづけている。

「おぬしも苦労するな」

小一郎は遠くを見ながらつぶやいた。

「いえ。いまはいまでそれなりにやっております故《ゆえ》……」

「しかし、船頭をやりながら津久間探しをやるのは無理があるのではないか」

「なにかよい考えが浮かべばいいのですが……。しかし、あやつはわたしをきっと討ちに来ます。いってみれば妻と子は、わたしの代わりに殺されたようなものです。あの男は、いずれわたしの目の前にあらわれるはずです」

「なぜ、そうだといい切れる」

小一郎が顔を向けてきた。

「……勘です」

そういうしかなかった。

「他に探すあてはないのか？」

「あればもう動いています」

「……そうであろうな」

小一郎はそう応じて、言葉を継いだ。

「仏になった女だが、たしかにただの身投げではないだろう。ひょっとすると殺されたのかもしれぬ」

「やはり、そう思われますか」

「そうだとはいい切れぬが、その疑いは濃い。……茶でも飲むか」

伝次郎は小一郎にいざなわれて自身番に入り、茶をもてなされた。

「女の人相書の他に似面絵《にづらえ》を作った。手下がそれを持って走りまわっている」

「余分にありませんか」

「間に合わせで絵師に描かせただけで、刷《す》りにまわしているところだ。刷りあがったらおぬしにもわたす」

伝次郎は法恩寺橋のそばで考えたことを口にした。

男連れの女が、どこから来てどこへ行ったかということである。

「その女の顔を覚えていないのか？」

「それがはっきりしないんです。覚えているのは土左衛門になってあがった女だけです。もうひとり、年取った男がいましたが、それもおぼろでしかありません。もっとしっかり見ておけばよかったんでしょうけど……」

「ふむ」

小一郎がうなったとき、道役の丈助が飛び込むように戸口に入ってきた。

「旦那、女の身許がわかりました」

汗を額に浮かべている丈助は開口一番にそういった。

第二章　痣《あざ》のある女

一

「遅かったじゃねえですか」

牛坂の惣助は、真造が帰ってくるなり不満そうな顔をした。

「なにをむくれてやがる。いい話があるんだ」

真造は顔をにたつかせて火鉢のそばにやってきた。

「親分の仇《かたき》を取る算段をつけてきたのよ」

「仇を……どうやるってんです？」

「麻布《あざぶ》によ、骨のある親分がいるんだ。韮山の富三郎親分が殺されて、縄張りを失ったのも知っていなさった。もし、散り散りになったおれたちの仲間を集めてくれりゃ、鮫洲の甚五郎を血祭りにあげて、縄張りを元に戻してもいいとおっしゃる。もっともそうなりゃ、おれたちゃ麻布の親分の手に入るってわけだが……」

「その親分というのは……」

惣助は身を乗りだして、真造の痩せた顔を眺めた。

「もとはどっかの坊主だったらしい。どこの寺かわからねえが、見るからに肝の太そうな人だ。麻布界隈《かいわい》を仕切っていてな、熊石《くまいし》の貫五郎《かんごろう》さんとおっしゃる」

「それじゃおれたちゃ、その貫五郎親分の盃を受けることになるってわけですか」

「富三郎親分の仇が討てりゃおれは文句ねえ。貫五郎親分につきゃ、品川《しながわ》の縄張りは広くなる。もうこんなしみったれた暮らしからもおさらばってわけだ」

「へへッ、悪くねえ話ですね」

「もうひとつある。この前おれたちを脅しやがったあの痩せ浪人だ。まさかあんなことになるとは思わなかったが、どうにもこうにも癪《しやく》にさわる」

「尻尾《しっぽ》巻いて逃げてきたようなもんですから、人にゃいえねえ話です」

「だから癪にさわるじゃねえか。それで、貫五郎親分には用心棒がいる。高山策之《たかやまさくの》助《すけ》という浪人だ。ちょいと小遣い稼ぎをしないかと持ちかけたら、やってもいいとおっしゃる」

「それじゃその高山さんにあの男を……」

「そういうこった。年の瀬で、どこも懐がさみしいように高山さんも同じなんだろう。それに他人の目を嫌うように、ひっそりしたところに女と二人暮らしというのは、どうせよからぬことをしてるやつに決まっているとおっしゃる。正体を暴《あば》いて今度こそ小金を脅し取ろうという寸法だ」

「できますか?」

「馬鹿、あの人だったらできる」

「だけど、あの野郎が金を持っていなかったら……」

「そんなことはねえさ。ろくに仕事もしねえで、遊んで暮らしているんだ。相応の金がなきゃできることじゃねえ」

「なるほど……」

惣助は腕を組んでうなずく。

「まずはその高山策之助さんに会わせてやるから挨拶をしな。貫五郎親分にも、そのあとで会ってもらう」

「そりゃいいんですが、あの痩せ浪人のことはいつやるんです？」

「高山さんに会ったあとだ。親分の仇討ちは年明けでいいだろうと、貫五郎親分はおっしゃる。その前に、ちょいとおれたちも小遣い稼ぎをしようじゃねえか」

「お願いするところです。なにしろすかんぴんなんですから」

「それじゃこれから麻布に行って高山さんに会おうじゃねえか」

それからすぐに二人は、金王八幡宮門前町の長屋を出た。

渋谷川沿いの道を歩く惣助は、これでようやく安心して年が越せると思った。男の中の男だと心酔《しんすい》していた親分、韮山の富三郎が殺されて以来、惣助の気持ちは塞《ふさ》ぎっぱなしだったし、昔の仲間も散り散りになって、先のことが見えなかった。

唯一、兄貴分の真造が近くにいるのが頼みの綱だったが、富三郎親分の仇が討てるというメドがつき、少なからず心を高ぶらせていた。

「だけど兄貴よ」

「なんでえ」

「その高山さんとかいう人ですけど、麻布の親分からたっぷり用心棒代をもらっているんじゃねえんですか。小金を持っている痩せ浪人を脅したって高が知れてるでしょう」

「なにいってやがる。一文《もん》でも多く金がほしいのが人間じゃねえか。そりゃあ暮しに不自由はしねえだろうが、ないよりあったほうがいいだろう」

「まあ、そういわれりゃそうですけど……」

惣助は歩きながら痩せ浪人の顔を思いだした。

眉間の上に傷があった。顔色が冴《さ》えず、一見ひ弱に思えたが、あの人を射殺《いころ》すような双眸《そうぼう》の光と、素早い身のこなしはただ者ではない気がする。

「こっちだ」

真造にうながされて、惣助は慌《あわ》てて追いかけた。

天現寺《てんげんじ》のほうに曲がったのだ。

それまでは冬枯れた藪の多い川沿いの道だったが、いきなり武家地になった。そうはいってもまだ江戸の郊外といっていい閑静な土地である。人の姿をあまり見ない。

「高山さんは腕が立つんでしょうね」

武家地の土塀沿いを歩きながら、惣助は真造に話しかける。

「強いから用心棒をやってんだ」

「あの浪人より腕が立つんでしょうね」

「なにをいってやがる。おれたちゃ、やつにぶん投げられておめおめ逃げ帰ってきたんだ。仕返ししなきゃ気がすまねえだろう」

「そりゃそうですが……」

惣助はまた痩せ浪人の顔を思いだした。どうしても眉間の傷が忘れられない。

(ありゃ、刀傷か……)

二

「八重《やえ》……」

伝次郎はつぶやく相手の表情を窺った。

目の前にいるのは、白髭《しらひげ》ノ渡《わたし》を預かっている老船頭だった。

「年のころは三十ぐらいです。よくこの渡船場を使っていたと聞いたんですがね」

「いってえその女がどうかしたのかね」

老船頭は問い返してくる。

「新大橋の下で土左衛門になっていたんです」

「身投げかい……」

老船頭は額に蚯蚓《みみず》のような太いしわを走らせて、目をまるくした。

「それがわからないんです。身許を探していると、橋場町の柊屋《ひいらぎや》という料理屋の仲居《なかい》だったというのがわかりましてね。ここの渡船をよく使っていたと聞いたんですが……」

「顔を見りゃわかるだろうが、名前と年だけじゃなんともいえねえな。三十年増の女は、大勢乗せているからな」

「左の耳の下に大きな黒子《ほくろ》があるんですが……」

それが唯一の八重の特徴だった。

「身内を探してるんだったら、その柊屋で聞いたほうが早いんじゃねえか」

「そうですが……」

これでは埒《らち》が明かないと思った伝次郎は、渡船場を離れた。

少し行って川向こうに視線を投げた。対岸は葛西領《かさい》の寺島村《てらじまむら》で、その奥に冬枯れの桜の並ぶ墨堤《ぼくてい》がある。

八重は寺島村の百姓の娘だった。十八で浅草《あさくさ》の反物《たんもの》問屋に奉公にあがり、二十二で所帯を持ったが、亭主に逃げられ仲居仕事についていたのだった。子はなかったらしく、独り暮らしをつづけていた。

伝次郎は浅草のほうに引き返して、総泉寺《そうせんじ》に向かう大門道の入口に近い茶店にはいった。八重が勤めていた柊屋という料理屋はその茶店の向かいにあった。

「なにかわかったか？」

茶に口をつけたところで、小一郎がやってきた。いっしょに手焙りを挟むようにして向かいあう。

「渡し場の船頭には覚えがないようです。顔を見せれば思いだすんでしょうが……」

「まあ、それはいいだろう。柊屋であれこれ聞いてきたが、八重に死ぬような素振《そぶ》りはなかったという。ただ、十日ほど前から顔色が冴えず、思いつめた様子があったと同じ仲居がいったのが気にかかるが……。その仲居は風邪でも引いてるのではないかと心配したそうだが、八重はなんでもないといったそうだ。あとはとくに変わったところはなかったとな」

小一郎はずるっと音を立てて茶を飲んだ。

「逃げた亭主のほうはどうです？」

「そっちは調べている。大工だったらしいが、遅かれ早かれ見つかるだろう。遊び人になって身を持ち崩していなきゃの話だが……」

小一郎はそういって、店の女に餅を注文した。

二人して手焙りを使って餅を焼いた。

「八重の住んでいた長屋にも、気になる人間が訪ねてきた節《ふし》はない。八重の評判も悪くないし、長屋の住人とはうまくやっていたようだ」

「実家ですかね」

伝次郎はぽつりといった。八重はたびたび実家に帰っている。実家でなにかあったのかもしれない。そんな気がしていた。

「あとで行ってみよう」

小一郎は餅をひっくり返し、言葉を継いだ。

「餅食ってる間に、丈助と成吉もやってくるだろう」

ほどなくして餅が焼けたので、二人は醬油をつけて食べた。

表はどんよりと曇っている。茶店は葦簀《よしず》で囲ってはあるが、容赦《ようしゃ》なく寒風が入ってくるので手焙りがなければ、吹きっさらしの中にいるようなものだ。

餅を食べ終えたときに、小者の成吉がやってきた。

「八重の贔屓《ひいき》にしていた小間物《こまもの》屋と髪結床《かみゆいどこ》、総菜《そうざい》屋などとあたってきましたが、みんな驚くだけで、身投げするような女じゃなかったといいやす」

「女友達はどうだ？」

小一郎は成吉の平べったい顔を見て聞く。

「親しくしていたのは、店の女中や仲居ぐらいです。そっちは旦那が……」

「ああ、話は聞いたが、別段悩みがある様子じゃなかったらしい」

「ひょっとして手込《てご》めにされて捨てられたんじゃ……」

「体の傷はどうする？　傷は背中と尻、太股の裏だ。手込めにするにゃ、妙な念の入れようだ」

「八重が店に出てこなくなったのは四日前です。長屋から姿を消したのも四日前です。その間に、手込めにした野郎が……」

「ふむ」

と、小一郎はうなって思案《しあん》げな顔をした。

伝次郎も考え込んだ。単に乱暴をされて殺されたのかもしれないが、それではすっきりしないものがある。

そんなことを話しあっていると、道役の丈助が息を切らしてやってきた。真っ先に小一郎のそばに来て、声を低めた。

「八重が男といっしょだったというのを見たものがいます。それは四日前の朝だったそうで、長屋から渡船場のほうに歩いていったといいます」

「見たやつは？」

「木戸番小屋の番太郎《ばんたろう》です。ですが、男の顔は見ておりません。後ろ姿だけですが、三十年恰好《としかっこう》の手代ふうだったそうで……」

「手代ふう……」

「渡船場のほうに歩いていったというのはどうしてわかった？」

伝次郎も同じ疑問を抱いた。

八重の長屋は、表通りから一本奥に入った筋にある。

「番太郎は八重が男と歩くのがめずらしくて、おもしろ半分に見送るように表道まで追っかけたらしいんです」

「親しそうに話していたのか？」

「いえ、八重はなんだか暗い顔でうつむいていたといいます」

「広瀬さん、渡船場に向かったのなら、やはり実家に行ったんじゃないでしょうか。そう考えるのが筋にあってる気がするんですが……」

「そうだな。よし、これから八重の実家を訪ねる」

小一郎はぽんと膝をたたいて立ちあがった。

三

伝次郎は自分の舟に、小一郎、丈助、成吉を乗せて大川に漕《こ》ぎだした。潮が引いているらしく、水嵩《みずかさ》が低くなっていた。橋場から向島まではわりと流れが穏やかで、他の渡船もそう難渋《なんじゅう》している様子はない。

伝次郎はそれでも下流に流されてはいけないので、棹と櫓を器用に使い分けた。

——川は生き物だ。油断するんじゃねえ。

船頭の師匠だった嘉兵衛はよくそんなことをいった。

たしかに川の流れを侮《あなど》ってはいけなかった。天候や潮の満ち引きで、流れは微妙に変わる。決して毎日同じだとはいえない。気をつけなければならないのが、大水の出たあとである。どこからともなく大きな岩が流れてきて、水流を変えるし、土砂が思いもしないところに堆積《たいせき》していることがあるからだ。

曇り空を映す川面に魚影の群を見ることができた。

白鬚ノ渡の舟着場のそばに舟をつけると、四人は墨堤にあがり、そこから八重の実家をめざした。

伝次郎は閑散とした野路《のじ》を辿りながら、法恩寺橋のそばで見た年老いた男のことを思いだした。八重といっしょに歩いていた男だ。

(あれが父親では……)

その勘は外れていないような気がした。

こんなことになるんだったら、もっとしっかり連中の顔を見ておくんだったと思うが、もうそれはあとの祭りである。

冬枯れの田畑には侘しい風が吹いていた。畦道《あぜみち》にある柿の木に止まった百舌が、いびつな声を発して、畑の中に飛び去っていった。

八重の実家は、蓮華寺《れんげじ》から東へ四町《ちよう》ほど行ったところにあった。両脇に桑畑があり、藁葺《わらぶ》き屋根の背後に竹林があった。庭に寒椿の花が咲いており、集っている目白が小さなさえずりをあげている。

小一郎が戸口に立って声をかけたが、返事はなかった。縁側の雨戸も閉め切られたままだ。庭先で数羽の鶏《にわとり》が、コッコッコと鳴いて地面をついばんでいた。

「留守か……」

小一郎はつぶやいてもう一度声をかけた。

「邦三《くにぞう》、いねえのか。いるなら返事をしてくれ」

家の中はしんと静まったままだ。

「はいりましょう」

伝次郎は戸口に手をかけて、一方に引き開けた。なんのことはない、戸はすんなり開いた。だが、家の中は雨戸を閉め切ってあるので、うす暗いままだ。

「誰もいねえな」

伝次郎は勝手に土間奥に進んで家の中に視線をめぐらせた。丈助が気を利かせて、雨戸を二枚開けたので、家の中がよく見えるようになった。

「ずいぶん散らかってるな」

小一郎がいうように、居間には欠け茶碗《ぢやわん》や徳利《とくり》、丼《どんぶり》などといったものが転がっていた。火鉢をあらためたが、熱はない。竈《かまど》も同じだ。少なくとも丸一日は、使われた様子がなかった。

伝次郎は座敷にあがってみた。行李《こうり》に箪笥《たんす》などのある部屋と、仏壇の間があり、奥に寝間があった。

「うん」

と、うなったのは寝間に入ってすぐだ。

畳の上に薪《まき》ざっぽうと棒切れが転がっていたのだ。雨戸を開けてよく見ると、畳に黒いしみがあった。さらに目を凝らすと、一枚の畳の縁《へり》がめくれている。畳をはめ替えるときにできるめくれ方だった。

「丈助……」

伝次郎は近くにいた丈助に声をかけた。

「おかしいと思わねえか」

丈助は糸のように細い目を見ひらいて、伝次郎が指さす畳の縁を凝視した。

伝次郎がその畳を引き剝がすと、床板が二枚外れていた。暗いので丈助に雨戸を開けさせると、

「伝次郎さん、おかしいですよ」

といって振り返った。

丈助の示す表を見ると、もっこと鍬《くわ》が放ってあった。伝次郎は急いで床板をどけて、床下をのぞき込んだ。こんもり土盛りがしてあり、その下に着物がのぞいている。

人が埋めてあったのだ。

「広瀬さん、来てください！」

伝次郎は大声を発した。小一郎と成吉が驚いたようにやってきた。

「人が埋められています」

「誰だ？」

小一郎が聞くが、そんなことはわからない。とにかく被《かぶ》せてある土を払いのけた。女である。年寄りだ。

「邦三には女房はいなかったはずだ」

引き揚げられた死体を見て、小一郎がつぶやいた。邦三の女房は五年前に死んでいると聞いている。

「それじゃ誰で……」

成吉がつぶやく。

「成吉、丈助、手分けして村役を呼んでこい。近所のものでもいい。邦三をよく知っているやつを見つけて、連れてくるんだ」

小一郎が命じると、成吉と丈助が家を飛びだしていった。

「こりゃア、妙な判《はん》じ物《もの》になるかもしれねえぜ」

小一郎が隣の座敷に移ってからそうつぶやき、煙管を取りだして火をつけた。その間、伝次郎は雨戸を開け放って、家の中を仔細《しさい》に検分した。

とくに変わったことはなかったが、気になるのは居間に散らかっている徳利や欠け茶碗だ。八重の父親・邦三は独り暮らしだった。それなのに、五、六人の人間が飲み食いしていたような形跡がある。

すぐに法恩寺橋のそばで見かけた連中の姿が脳裏《のうり》に浮かんだが、それは霧の向こうにかすんだように曖昧模糊《あいまいもこ》としている。

ほどなくして、丈助が邦三と親しかったという百姓を連れてきた。年取った女の死体を見せると、

「こ、これは邦三さんの妹です」

と、声をふるわせた。妹の名はお久《ひさ》というらしい。

伝次郎はお久の着衣をめくって、体に傷がないか調べた。傷はあった。それも無数にである。すべて打撲痕《だぼくこん》だった。

「めった打ちにされて殺されたってことか……ひでえことしやがる」

小一郎がため息を漏らして首を振った。

そこへ、成吉が周兵衛《しゅうべえ》という村役を連れてきた。邦三のことをよく知っているというし、当然お久のことも知っていた。

「邦三がどこにいるかわからないか？」

小一郎は周兵衛ともうひとりの百姓・勘造《かんぞう》を交互に見た。二人はほぼ同時に首を

横に振った。ここ数日姿を見ていないとも付け足した。

「とにかく邦三の行方を調べなきゃなりません」

伝次郎の言葉に、小一郎は深くうなずくと、周兵衛と勘造に、

「邦三の人相書と、似面絵を作る。手伝ってくれ」

と、協力をあおいだ。

四

その日のうちにわかったことは少なかったが、またもやおかしなことが発覚した。

邦三の家の床下で見つかった妹のお久は、本所尾上町《おのえちよう》の小間物商・成田屋《なりた》吉兵衛《きちべえ》に嫁いでいたのだ。

吉兵衛とお久の間には、倅《せがれ》と娘がいるが、娘は嫁いでおり、倅は品川に婿養子に行っていることがわかった。

しかし、お久の亭主、成田屋吉兵衛が店にいないのである。

「なぜ、いねえ」

小一郎は知らせに来た丈助を見た。

本所松井町一丁目のそば屋だった。

「なぜって、近所のものが二日ほど前から店を閉めたまま顔を見ないといいます」

「二日前から……」

小一郎は伝次郎の顔を見て、窓の外に目を向けた。曇り空のせいで、まだ夕七つ(午後四時)だというのに、表は夜のような暗さだった。

「他にわかったことは……」

小一郎は顔を戻して聞くが、丈助はなにもないという。

「広瀬さん、成田屋の近くに聞き込みをかけましょう」

伝次郎はそば湯を飲んでいった。

「そうするか……」

小一郎も腰をあげた。

それから手分けをして、本所尾上町界隈に聞き込みをかけていった。

伝次郎は船頭のなりで成田屋の近辺を聞きまわっているうちに、昔の同心時代のことを思いだした。町方のやり方は体にしみ込んでいるし、船頭仕事とはちがったやり甲斐《がい》を覚えた。

（やはり、おれには同心の血が流れているんだ）

と、思わずにはいられない。

伝次郎の父も町奉行所の同心だった。祖父もそうである。

町奉行所の与力《よりき》・同心は世襲ではない。しかし、いつしかそのようなことになっていた。同心の子は同心に、与力の子は与力に。十四、五歳になると見習い勤めがはじまり、そこから町奉行所仕事のいろはを教えられ、年齢と経験を積みながら、本勤《ほんづと》めとなってゆく。

もっとも家督《かとく》を継げるのはひとりだけなので、次男三男だと養子縁組をするか、また別の生き方をしなければならないのではあるが。

「へえ、もう一月《ひとつき》か二月《ふたつき》ほど前からでしょうか、見慣れない女と男がよく出入りするようになりましてね」

そういったのは、成田屋の隣で古着屋を営んでいる亭主だった。

「そいつらは客じゃなかったんですね」

伝次郎はあくまでも船頭なので、へりくだった言葉遣いをする。

「最初は客だと思ったよ。だけど、どうもそうじゃないとあとで思ってね」

「吉兵衛さんがどこへ行ったかわかりますか？」

「わからねえんだよ。どっかに出かけるときゃ、必ずおれに声をかけていくんだけど、ここ二、三日店を閉めたまま、なしのつぶてだ。おかみさんのお久さんも見ないしね」

伝次郎はお久が殺されたことは口にせず、他のことを聞いた。

「その出入りをしていた女と男のことですが、顔は覚えていますか？」

「それなんだよ。おれもうちの嗅とそのことを話していたんだよ。男たちは決まって頰被りをしていたし、女は頭巾を被って、まともに面を見たことがないんだ。だけど、あの女はちょいと粋《いき》だったね。鼻筋も通っていたし、目もきりっとしていたから、さぞや美人なんだろうと勝手に思っちゃいたが……でも、どうしてあんたがそんなことを？」

古着屋の亭主は、はじめて不審な目を向けてきた。

「ちょいと町方の旦那に頼まれてることがあるんです」

「それじゃ成田屋さんでなにかあったのかい」

亭主は急に好奇心の勝った顔になった。

「おれにもよくわからないんですよ。ただ、調べてくれと頼まれただけだから」

「へえ、でもおかしいよな」

古着屋の亭主は自分の店から出て、隣の成田屋を眺めた。

それから小半刻《こはんとき》（三十分）後に、伝次郎は松井町の自身番で小一郎と落ち合った。遅れて成吉と丈助もやってきた。

みんなそれぞれに話を聞いていたが、ほぼ伝次郎が得たことと大差なかった。

「それじゃ、成田屋吉兵衛と邦三の行方を探さなきゃならねえってことか」

小一郎は渋茶を飲んで、苦《にが》み走った顔をした。

「広瀬さん、その前に成田屋の中をあらためるべきでは……」

伝次郎の提言に、小一郎がはっとした顔を向けてきた。

「そりゃそうだ。また床下に仏でも埋められていたんじゃやたまらねえ。よし、もう一度成田屋へ行こう」

すでに表は夜の帳《とばり》につつまれており、肌を刺すような風が吹きつけてきた。昼間は曇っていたが、雲が少なくなって、その切れ目に星のまたたきを見ることができた。

ほうぼうに軒行灯《のきあんどん》や提灯のあかりが見られるが、季節柄なのか、それとも夜のせいなのか、それらのあかりが侘しく感じられた。

伝次郎は河岸道を歩きながら、死んだ八重といっしょに囲まれるようにして歩いていた老人のことを思い浮かべた。

（あれは邦三だったのか……。それとも成田屋吉兵衛だったのか……）

どちらかわからなくなった。二人とも生きていることを願うだけである。

「広瀬さん、わたしが法恩寺橋のそばで見た連中ですが、ひょっとすると寺島村の邦三の家から成田屋に向かう途中だったのかもしれません」

そう推量することはできた。

「そうだったとしても、その連中のことは皆目《かいもく》わからないわけだ」

そのとおりである。伝次郎は黙り込むしかない。

成田屋のそばで、伝次郎たちは足を止めた。店の前に三人の男がたむろしていたからである。さらに、ひとりの男が店の戸を激しくたたいて、

「いるのかいねえのか！　居留守を使ってんだったら戸を蹴破っちまうぜ！」

と、啖呵《たんか》を切っていた。

「おい、開けねえか！」

もうひとりが店の中に怒鳴り声を発した。

伝次郎と小一郎は肩を並べて、その三人に近づいた。先方も気配《けはい》に気づき、ギョッと驚いた顔を向けてきた。手にしている提灯のあかりが、その顔を照らしていた。

「なにをやってる？　おめえはたしか鴻巣屋《こうのすや》だったな」

小一郎がでっぷり肥えている男にいった。提灯のあかりだけだが、その顔は脂《あぶら》ぎっていた。

「これは旦那、こんな刻限に見廻りですか」

鴻巣屋は愛想《あいそ》笑いを浮かべて、小腰《こごし》を折った。

「なにをしている？」

「なにをって取り立てです。師走の頭には金を返してもらうことになっていたんですが、師走にはいって十日もたつというのになしのつぶてです」

「いくら貸してるんだ？」

「三十五両です」

「大金だな。だが、ここ二、三日この店は休んでいるようだ」

「ヘッ、そりゃどういうことで……」

「おれに聞かれてもわからぬ。だが、ちょっと待ってろ」

小一郎は成田屋の戸を引き開けようとしたがびくともしない。内側に猿《さる》が掛《か》けられているか、心張《しんば》り棒《ぼう》をかってあるのだろう。

「成吉、裏にまわって勝手口から入れないか見てこい」

指図された成吉が駆け去ると、成田屋に金を貸したのはいつだったかを鴻巣屋に訊ねた。

「二月《ふたつき》ほど前です。店の普請《ふしん》や商売を大きくしたいんで、なんとしてでも都合してくれというんです。最初は五十両といわれたんですが、そりゃできねえといいましてね。それで三十五両で折り合いをつけてやったんです」

「二月ほど前……。伝次郎、この男は南本所横網町《よこあみちょう》で高利貸をやっている鴻巣屋の主だ。五郎八《ごろはち》といってなかなか気のいい男だ」

「旦那、茶化《ちゃか》さないでくださいよ」

五郎八が苦笑いをしたとき、店の中から成吉の声がした。すぐ開けますといって、表戸をさっと横に開いた。

伝次郎たちは店の中に入った。帳場《ちょうば》から商品の置かれた土間や小部屋をのぞくが、とくに気になることはなかった。住まいになっている店の奥も仔細にあらためたが、異変は感じられなかった。

伝次郎は目を皿にして畳が変形していないか、縁の下になにかないかと、店の手《て》燭《しょく》を使って見たが、気になるものはなにも見つけられなかった。

「なにか人にいえない急な用ができて、出かけているのかもしれねえな」

小一郎はそういったあとで、「そんなことはねえと思うが……」と、独り言のようにつぶやき足した。

「明日、もう一度この店の様子を見ましょう」

伝次郎がいうと、小一郎もそうするかといって表に出た。

鴻巣屋五郎八と連れの男二人は、寒さにふるえるようにして立っていた。

「留守のようだ。おれたちもこの店には用があるので、主の吉兵衛を見つけたらおまえさんに教えるようにする。今夜はここにいても無駄だ」

「なにかあったんで……」

五郎八は興味津々《きょうみしんしん》という目を向けてきた。

「たいしたことじゃない、とにかく今夜は引きあげだ」

五

「雪か……」

舟に乗り込んだとたん、鈍色《にびいろ》の空から小雪が舞ってきた。

「こりゃア、積もるかもしれませんね」

というのは道役の丈助だった。襟巻《えりま》きを首に巻きつけ、細い目を伝次郎に向けてくる。

「仕事はいいんですか？」

「気にするな。行くぜ」

伝次郎は芝翫河岸から舟を出した。

小名木川には川霧が立ち上っている。その霧の中に小雪が舞い込み、大川口に架かる万年橋がかすんでいた。

時刻は六つ半（午前七時）になるかならないかだろう。川政の舟着場を見たが、船頭らは船宿の溜《た》まり部屋で火鉢にでもあたっているのか、姿が見えなかった。

「伝次郎さん、なんで船頭なんかに……」

しばらくして丈助が聞いてきた。

「込み入った事情があってのことだ。深いことは聞かないでくれ。おまえにも聞かれたくないことがひとつや二つはあるだろう」

「へえ……まあ、そうですが、もったいないことで……」

伝次郎はなにも答えずに簑《みの》を肩にかけた。

足許には菰《こも》につつんだ愛刀・井上真改《いのうえしんかい》を置いていた。そばには風呂敷包みの弁当もある。千草が早起きして作ってくれたものだ。

その弁当を見ながら、いつまで弁当作りがつづくだろうかと考える。だが、千草は思いつきでやっているのではない。それは千草の目を見ればわかる。

「今日はやけに冷えますわ。天水桶《てんすいおけ》に氷が張ってましたよ」

弁当を届けに来た千草は、白い息を吐きながらいった。寒い朝に早起きして弁当を作ってくれた千草の頰は、無花果《いちじく》のように赤くなっていた。化粧気《けしょうけ》のない顔だったが、それがかえって伝次郎には新鮮に映った。

火鉢を挟んで、しばらく短い世間話をし、

「今夜、来てくださいな」

と、いって去り際に向けてきた顔には、なにかを媚《こ》びる色があった。店に来てくれといったのではなく、自分の長屋の家に来てほしいといったのかもしれない。

そんなことはないだろうと、伝次郎は心中で否定して棹を操った。


「こっちでいいんですか」

丈助の言葉で、伝次郎は現実に引き戻された。

舟を大川に乗り入れずに、細川橋《ほそかわばし》をくぐり抜けて六間堀《ろっけんぼり》に入れていたのだった。

「大川は風が強いし、波が高いかもしれねえ。それに上りはこっちが楽だ」

たしかにそうだった。六間堀は両側に建物が迫っているので、その分風を遮り、波も穏やかである。小名木川から竪川に抜けるには、この堀川が便利だった。逆に竪川から小名木川に入る場合は、大川の流れに乗ったほうが楽だった。

「広瀬の旦那たちは、もう邦三の家に行ってるころでしょうね」

「とうに向かってるはずだ。邦三が帰ってりゃいいが、そうでなきゃこの殺しは厄《やっ》介《かい》な仕事になるかもしれぬ」

伝次郎は腕に積もった雪を払った。周囲の町屋が白くおおわれはじめている。

昨日、小一郎は手分けして探索することを決めた。伝次郎に助を続けてくれるかと訊ね、このまま知らぬ顔はできないと伝次郎がいえば、明日から丈助を使えといった。

船頭仕事を休むことになるが、そのことは気にならなかった。年の瀬とはいえ、多少の蓄えはあるし独り身なので、どうにでも都合はつくし、正月を迎えても休むつもりはなかった。

また、丈助を同船させることは、他の客を乗せずに探索ができるという利点もあった。

「おれのことは伝次郎でいい。姓は口にするな」

丈助をつける際に、伝次郎は釘を刺した。沢村という姓を知っているものは、深川には数えるほどしかいない。千草も知らないし、川政の船頭連中も知らない。

小一郎の小者・成吉にも「伝次郎でいい」といってある。だから、丈助も成吉も

「伝次郎さん」と呼ぶようになった。

舟は松井橋をくぐると竪川に入った。伝次郎は一ツ目之橋《ひとめのはし》のそばで舟をつなぎ、河岸道にあがった。そのまま尾上町の成田屋に向かう。

うっすらと雪におおわれた道に、いくつもの足跡や轍《わだち》ができていた。

成田屋は昨日と同じように戸が閉まっていた。

「裏も同じですね」

裏口を見に行っていた丈助が戻ってきていう。

「吉兵衛を知っているものにあたりをつけていこう。おれはもう一度、店の中をあらためてから聞き込みをする。そこの茶店で一刻後に落ち合おう」

伝次郎はそばにある茶店を顎《あご》でしゃくってから、丈助と別れた。そのまま成田屋の裏にまわり、勝手口から店の中に入った。

誰もいない店の中はしーんとしており、しんしんとした冷たさが足許から這い上がってくる。手燭《てしょく》を見つけて火をともすと、一部屋一部屋を丹念に見てまわった。

店は小間物屋らしく、白粉《おしろい》や紅《べに》、櫛《くし》、簪《かんざし》、笄《こうがい》などの他に塵紙《ちりがみ》や手ぬぐいなどもあったが、別段変わっているものはない。

ひととおり家の中をあらためたあとで、暗い店先をぼんやり眺めて、はたと思ったことがある。吉兵衛はこの店をひとりで切り盛りしていたのだろうか、ということである。

女房のお久は当然店を手伝っていただろうが、

（小僧や女中は雇っていなかったのか……）

ということだ。大事なことだった。

すぐに店を出ると、隣の古着屋を訪ねた。

「和助《わすけ》という小僧がいたよ。それが、もう十日ぐらいになるかな。ぱたりと顔が見えなくなっちまってねえ」

「和助はどこに住んでいる？」

「小泉町《こいずみちょう》の左兵衛店《さへえだな》だけど、いったいどうしたんだい。やっぱりなにかあったんだろう。悪いことでも起きてるのかね」

古着屋の主は詮索《せんさく》する目を向けてきたが、伝次郎はおれにもよくわからないのだといって、回向院《えこういん》北の小泉町に向かった。

和助の住む左兵衛店はすぐにわかり、和助も家にいた。

「なぜって、旦那が休んでいいっていうんで、そうしてるだけです。給金《きゅうきん》はちゃんと出すから、店を開けるときには知らせるからと……」

「吉兵衛がそういったのか？」

「へえ。なんでも短い旅に行くとか、そんなことを聞いたんで、そうなのかなと……」

和助は大きな目玉をみはって、首をかしげた。

「それを聞いたとき、吉兵衛の様子はどうだった？」

「どうって、いつもと変わらなかったと思います。ただ、顔色が悪かったような気がしますが……」

和助は視線を彷徨《さまよ》わせてから答えた。

「休みをもらってから店には一度も行っていないのか？」

「一度、行きました。すると女の人がいまして、店は休みだというんです」

「女……」

伝次郎は目を光らせた。

「はい、それでわたしがこの店のものだというと、旦那にはちょいと事情があるから、あんたは帰りなといいます。それで帰ってきたんですが……」

「その女の顔は見たか？」

「見ましたけど、風邪でも引いているのか、顔の半分を手ぬぐいで隠して、咳をしていました。たしか右目の脇に親指ぐらいの痣がありました。化粧で薄くなっていましたが、結構濃い痣だと思います」

「痣……」

「はい、目鼻立ちはよかったと思います。睫毛《まつげ》も長かったし……あの、旦那がなにか……」

「そのとき、女はどんな着物を着ていた？」

伝次郎は和助の疑問には答えずに問いを重ねた。

「縕袍《どてら》を肩に引っかけていましたけど、鶯色の上等な着物だったと思います。おかみさんの知り合いなのかなと思ったんですけど……」

「年はいくつぐらいだった？」

「二十四、五か、もっと上か……女の人の年はよくわかりませんけど、三十越えていたかもしれません。あの、なにがあったんです？」

和助の顔に不安の色が刷《は》かれた。

（鶯色の上等そうな着物……）

伝次郎は法恩寺橋のそばで見たあの女かもしれないと思った。いや、そうにちがいない。

六

「成田屋の悪い評判は聞きません。お久のことも吉兵衛のことも、悪くいう者はいません。客の他に、店に出入りしていたという人間のことも、さっぱりわからずです」

丈助は熱い茶に口をつけ、伝次郎のほうはどうだったかと聞いた。待ち合わせの茶店の中だった。二人は丸火鉢を抱くようにして向かいあっていた。

「和助という小僧がいるんだが、こいつは女を見ている。だが、見たのは顔の半分だ」

伝次郎はそういって、和助から聞いたことを話した。

「化粧をしても隠せない痣ですか……」

「他に見慣れない男がいたかどうかはわからない」

「妙なことですね。女房が殺され、その女房の兄貴・邦三は行方がわからず、邦三の娘は土左衛門……」

丈助のつぶやきを聞きながら、伝次郎は火鉢の中で燃える炭を凝視していた。

「成田屋吉兵衛は鴻巣屋に金を借りていた。三十五両」

「……そうですね」

「金を借りたのは、二月ほど前だったな」

「鴻巣屋はそうだといいましたね」

「ひょっとすると二月ほど前になにかあったのかもしれねえ」

「二月ほど前……。仕入《しいれ》が大変だったとか、売り上げが悪くなったとかですかね」

「だから金を借りた。しかし、それだけだったらなにも女房が殺されたり、吉兵衛が姿をくらます必要はないはずだ。……こりゃあ調べる必要があるな」

茶店を出た伝次郎と丈助は、成田屋に品物を卸《おろ》していた問屋を調べた。これはすぐにわかった。横山町《よこやまちょう》にある信濃《しなの》屋という小間物問屋だった。

だが、信濃屋の番頭は、

「成田屋さんは律儀《りちぎ》な方で、仕入の金を滞《とどこお》らせたことはありません。それだけ商売はうまくいっていたはずです」

と、きっぱりといったし、手代も成田屋の商売はうまくいっていたはずだと言葉を添えてきた。

「成田屋には娘と倅がいましたね」

信濃屋から尾上町に戻る大橋の上で、丈助がいう。

「そっちは広瀬さんが手配りしているから、おっつけわかるはずだ」

吉兵衛とお久には、二人の子がいた。

倅の千吉《せんきち》は品川の呉服《ごふく》屋に婿養子に行って、娘のお咲《さき》は尾張町《おわりちょう》の瀬戸物問屋《せとものどんや》・尾州《びしゅう》屋の嫁になっている。

伝次郎は橋をわたりながら、暗い大川の流れに目を向けた。

雪を積もらせた屋根船が下っていったところだった。筏舟《いかだぶね》がそれを追いかけるように下っていったが、舟にも引いている材木にも雪をのせていた。船頭らの着込んでいる簑も、笠も雪で白くなっていた。

広瀬小一郎と落ち合うことになっている松井町の自身番を訪ねると、小一郎と小者の成吉の顔があった。

「向こうのことはすんだんですか？」

伝次郎は挨拶抜きで小一郎に訊ねた。

「村役と近所の連中の話を聞いて口書《くちがき》を取って終わりだ。通夜《つや》と野辺《のべ》送りも、村役にまかせてきた。それでなにかわかったか？」

小一郎が目を向けた。

伝次郎と丈助は、それまで調べたことを口にするだけである。

「気になるのは、成田屋はなぜ二月ほど前に三十五両という大金を、こしらえなきゃならなかったかということだが……」

話を聞いた小一郎は、伝次郎と同じ疑問を口にして爪を嚙んだ。

「成田屋の娘と倅のことはどうなっています？」

「今日のうちに成田屋に戻ることになっている。昼過ぎには会えるはずだ」

「そっちもありますが、八重の父親のことも探さなきゃなりませんね。そうでなければ死んだ八重のことも、はっきりしません」

「もっともだ。それから八重を捨てていなくなっている亭主のことも気になる」

その亭主は鉄次《てつじ》という大工で、酒と博奕《ばくち》が好きだったということだけがわかっている。その探索はすでに小一郎が手を打っているが、まだわかっていないようだ。

それからどう手をつけていくかという話になったが、まずは八重の亭主だった鉄次を探すことと、八重の父親でお久の兄・邦三を探すことである。

また、お久の亭主・成田屋吉兵衛も探さなければならない。

伝次郎は邦三と成田屋吉兵衛の人相や年恰好を聞いているが、法恩寺橋のそばを八重といっしょに歩いていた年寄りと、同一人物かどうかわからなかった。八重とその年寄りは、怯《おび》えるように歩いていたのだが……。

そして先頭を肩で風を切るようにして歩いていた女……。

おそらくその女は、成田屋の小僧・和助が見た女のはずだ。

右目の脇に、白粉を施《ほどこ》しても隠すことのできない痣を持っている。それが現在、わかっている女の唯一の特徴だった。

「広瀬さん、邦三と成田屋はうまくいっていたんでしょうか」

「おれもその辺のことが気になっていたんだ。だが、邦三と成田屋吉兵衛が揉《も》めていたという話はない。邦三はときどき、畑で採れた野菜を成田屋に持って行ったりしていたそうだ。吉兵衛は妹の亭主だからな。それに姪と甥が二人いる。甥っ子たちの様子も気になっていたんだろう。……そうか、姪と甥か……」

小一郎は湯呑みの中につぶやきを落として、思案顔になった。

邦三の甥と姪とは、つまりお久と吉兵衛の子である。息子の千吉と、娘のお咲だ。その二人とは、昼過ぎに成田屋で会えたのだが、ここで新しいことがわかった。

第三章　逃げた男

一

成田屋吉兵衛とお久には、二十三になる千吉と二十一になるお咲がいた。

千吉は品川の呉服屋・堺《さかい》屋の婿養子になっており、店で手代仕事をしている。

お咲は尾張町の瀬戸物問屋・尾州屋の嫁になっていた。お咲の亭主は尾州屋の主である。

「すると堺屋から二十五両、尾州屋からも二十五両……」

つぶやくのは広瀬小一郎だった。

場所は成田屋の客座敷である。伝次郎は千吉とお咲の戸惑った様子を見て、小一郎に顔を戻した。

「広瀬さん、すべてを打ち明けるべきでは……」

「うむ。そうだな」

「あの、いったいなにがあったんでございましょうか？」

事態を理解できていない千吉は、まばたきしながら伝次郎と小一郎を見比べる。

お咲も同様の反応を示している。

「実は妙なことが起きているのだ」

「妙とは……」

身を乗りだしてくるお咲に、小一郎はこれまで起きているすべてのことを話した。

神妙な顔で話を聞いていた千吉とお咲は、次第に顔をこわばらせ、信じられないというふうに目をみはった。

「そんなことが……。でも、おとっつぁんがどこにいるか、それはわからないんで……」

千吉は顔色を失っていた。

「おっかさんがほんとうに……そんなことに……」

お咲は着物の袖で込みあげる涙をぬぐい、

「どうして、どうしてそんなことになるんです！　嘘をいってるんでしょう！　きっとそうでしょう。おっかさんが……」

と、悲鳴のような声をあげたかと思うと、うなだれて涙をぽろぽろこぼした。

伝次郎も小一郎もしばらく黙り込んだ。丈助も成吉も部屋の隅で、言葉もなく座っている。

「お久は寺島村の蓮華寺に預かってもらっている。この時季だから、あと一日二日はそのままにされているはずだ。使いにその旨を伝えてもらえばよかったのだろうが、なにしろ急なことなので、いままで差し控えていたのだ。それに吉兵衛の行方がわからないので、どうしたらいいものかと考えてな……」

小一郎はいいわけじみたことを口にして、茶に口をつけた。そのあとを引き取る形で、伝次郎が口を開いた。

「大事なのはおまえさんらの父親の行方だ。むろん、お久の兄である邦三の行方もわかっていない。もし、心あたりがあるなら教えてくれないか……」

千吉とお咲は放心《ほうしん》したような顔で、首を横に振った。

「父親の吉兵衛に会ったのは、一月ばかり前なのだな」

二人は同時に声もなくうなずく。

「それは、吉兵衛が金の工面《くめん》を頼みに来たときのことだな」

「さようです」

千吉は蚊《か》の鳴くような声で応じ、お咲は「そうです」と涙声でいって唇を噛んだ。

「金はそのときに貸したのだろうか？」

「わたしのおとっつぁんの頼みなら断れないといって、うちの亭主が都合してくれました。おとっつぁんは何度も頭を下げて、それこそ目に涙を浮かべて、わたしにすまない、すまないと……あれが、最後に会ったおとっつぁんの……う、うっ……」

お咲はついに突っ伏し、背中を波打たせながら嗚咽《おえつ》した。その背中を兄の千吉がやさしくさすりながら慰めた。

「お咲、おとっつぁんはまだ死んじゃいないんだ。ひょっこり帰ってくるかもしれないじゃないか」

「でも、でも……」

伝次郎はお咲を眺めてから、また口を開いた。

「千吉はどうだ？　おやじさんに最後に会ったのは……」

「おとっつぁんが金を貸してくれないかと頼みに来たときですから、やはり一月ほど前になります。どうしてそんな金がいるのだと聞くと、店を大きくしたいというんです。それまでこの店はおれ一代かぎりだといっていたくせに、ずいぶんな心変わりだと思ったんですが、仕事に精を出すのは悪くないからわたしは、嬉しくなりました。それにいっしょについて来た人が、熱心に話をされるのです」

「なに？　いっしょについて来た者がいたのか」

伝次郎は大きく眉を動かした。小一郎は手にした湯呑みを宙に浮かした。

「はい、上野《うえの》にある大きな小間物問屋の番頭さんでした」

千吉はそのときのことを詳しく話した。

「成田屋さんとは先月の寄合《よりあい》でお会いしましてね。それでいろいろお話を伺い、店のほうを訪ねて、これはもったいないとつくづく思ったんでございます」

そう話すのは、吉兵衛といっしょに来た京屋《きょうや》という小間物問屋の番頭で、角兵《かくべ》衛《え》といった。大店の番頭らしく、恰幅がよく、人をつつみこむような笑みを片頬に湛えていた。

「成田屋さんの店は東両国《ひがしりようごく》にも回向院にも近《ち》こうございますので、商売にはもってこいの土地柄です。店に工夫をすれば、回向院《えこういん》の参拝客も広小路に集まってくる人も、客として取り込めること請《う》け合《あ》いです」

「だけど、おとっつぁんは一代かぎりでいいといっていたんじゃ……。だから、わたしはこの店の婿養子に来たんですよ」

千吉は怪訝《けげん》そうな顔を吉兵衛に向けた。

「いままではそのつもりだったんだよ。だけど、こちらの番頭さんの話を聞いているうちに……」

吉兵衛は金を借りることを心苦しく思っているのか、声が尻すぼみになり、体を小さく縮《ちぢ》こまらせた。そんな父親の姿を、千吉は気の毒に思い、また嬉しくもあった。

「おっかさんもその気なんだね」

「あいつはおれのやることに口は挟まないいさ」

「千吉さん、わたしはおやじさんに最後の一花《ひとはな》を咲かせてもらいたいのです。わたしは新しい店作りに、力をお貸ししたいんです。助は惜しみません。うちの店はご存知だとは思いますが、京や大坂から取り寄せる品物を多く扱っております。成田屋さんの近所には、そんな店はありません。京ものの白粉や紅、刷毛《はけ》に簪などを揃えて江戸の名物店に仕立てあげたいのです。それには些少《さしょう》の支度金がかかりますので、こうやってお願いにあがっているんでございます」

角兵衛は笑みを絶やさず、人を説得するように話した。

話を聞いている千吉は、

――わたしはおやじさんに最後の一花を咲かせてもらいたいのです。

といった角兵衛の一言に心を打たれた。それがかなえば当の本人も嬉しいだろうし、自分もなんらかの力添えをしたいと思った。

「そこでわたしは、旦那に相談を持ちかけました。わたしは養子で入っていずれ堺屋を継ぐ人間ですし、またそんな男の父親ですから、旦那は二つ返事で二十五両を都合してくれたんです」

千吉は話を結んだ。

「それがおやじさんに会った最後なのだな」

伝次郎は実直そうな千吉をまっすぐ見て聞いた。

「さようです」

「お咲、おまえさんはどうだ？　おやじさんが金を借りに来たとき、その角兵衛という京屋の番頭がいっしょだったのか？」

「いっしょでした」

お咲は大きくまばたきをして、言葉を継いだ。

「上野の京屋といえば、知らない人はいないほど大きな小間物問屋です。そこの番頭さんが力を貸してくださるというので、うちの旦那もすぐに工面してくれました」

「尾州屋の、そのおまえさんの亭主もなにも疑わずに二十五両出した。そういうわけだな」

「はい」

「すると、尾州屋と堺屋から二十五両ずつ、合わせて五十両。鴻巣屋から三十五両。

ひっくるめると八十五両……大金だな」

「あの、鴻巣屋というのは？」

口を開いたのは千吉だった。

「高利貸だ。おまえの親父殿は、鴻巣屋からも金を借りているんだ」

えっ、と千吉はお咲と顔を見合わせた。

「千吉、お咲。この店に金の蓄えはなかったのか？」

聞いたのは小一郎だった。

「蓄えがあったのなら、金を借りるまでのことはなかったはずだ」

「ちょっとお待ちください」

千吉は思いあたることがあるらしく、腰をあげて隣座敷に行った。仏壇の間である。

しばらくゴソゴソやっていたが、「あッ！」という驚きの声が聞こえてきた。

二

伝次郎たちは隣座敷に移って、驚きの表情を隠せない千吉を見て、彼の指さす箇所を見た。そこは仏壇の脇にある壁で、羽目板《はめいた》が三枚外されていた。中は空洞である。

「こ、ここにおとっつぁんは金箱を入れていたんです。それがありません」

千吉は声をふるわせていた。

「どうして兄さん、知ってるの？」

「小さいころから知っていたさ。おとっつぁんが、コツコツとここに溜めていたんだ」

「金箱にはいくら入っていた？」

小一郎だった。

「さあ、それは……五十両かもしれないし百両以上あったかもしれませんし、もっと少なかったかも……わたしはたしかめたことがないので……」

千吉はそういって、苦しそうなため息をついた。

「とにかく吉兵衛を探さなければならぬ。千吉、お咲。おっかさんは気の毒なことになったが、あとのことはおれたちにまかせておけ。おまえたちのおとっつぁんはきっと探してみせる」

小一郎が顔を引き締めていった。

「お願いいたします」

千吉が頭を下げるのへ、お咲もならった。

成田屋を出た伝次郎たちは、近くの茶店で話しあった。

「吉兵衛を探すのは急がれるが、探す手立てがねえ」

小一郎は苦り切った顔で茶をすする。

「まずは角兵衛という男でしょう。ほんとうに京屋という店の番頭かどうか……」

いうのは伝次郎である。

「そっちはこちらで調べることにする。成吉、これから上野に走り、京屋に角兵衛という番頭がいるかどうかたしかめてこい。もし、いたら松井町の番屋に使いをやってくれ」

「へえ、承知」

成吉は短く小一郎に返答をして、茶店を出ていった。

「広瀬さん、鴻巣屋にもたしかめることがあります」

伝次郎がいえば、

「これからたしかめよう。あとのことはそれからだ」

といって、小一郎が腰をあげた。

朝から降りだした雪は小止《こや》みになっていたが、町屋はすっかり雪化粧《ゆきげしょう》を施され、日は射していないのにあかるく感じられた。

伝次郎は雪道を歩きながら、これまでわかったことを頭の中で整理したが、探索はまだなにも進んでいないことに気づいた。

(いったい、この裏にはなにが隠されているのだ)

心中でつぶやき、遠くに目を向けるが、目に映るのは雪におおわれた町屋の屋根だけだった。その屋根の向こうには、鈍色の雲が空に蓋《ふた》をしている。

南本所横網町にある鴻巣屋は、表通りから一本入った筋道にあり、木戸門を設けていた。その門にも雪が積もり、庭の千両《せんりょう》と水仙《すいせん》も雪を被っていた。ただ、梅の枝にはわずかだが新芽がのぞいていた。

「ここで談判《だんぱん》をしたわけじゃありませんよ」

鴻巣屋の主・五郎八は、小一郎の質問にそう答えた。先日連れていた取り立て屋か用心棒か知らないが、目つきの悪い男たちの姿はなかった。

「それじゃ、どこで話をした？」

「成田屋ですよ。吉兵衛さんが来てくれっていうんでね。それでこの雁首《がんくび》を、成田屋さんまで運んでいった次第で」

「口の悪いやつだ。ま、いい。それで成田屋では吉兵衛と二人だけで話したのか？」

小一郎が目を光らせて五郎八を見るように、伝次郎も注意の目を向けた。

「二人だけですよ。金の貸し借りの話ですから、吉兵衛さんは人払いをしていたようです」

小一郎が伝次郎に顔を向けてきた。

「角兵衛という男はいなかったのだな」

「角兵衛……それは誰です？」

「いなかったのならいい。つまり、おまえさんは成田屋吉兵衛と金の貸し借りの話し合いを二人だけでした、そういうことだな。それが二月ほど前」

「そうです。ですが、すぐ隣の部屋に人はいましたよ。おかみさんだと思いますけどね、なんだかじっとこっちの話を盗み聞きしているようでした」

「盗み聞き……」

「障子に影が映っていたんです。話したのは夜でしたから、行灯のあかりにおかみさんの影が映っていたんです」

「それはたしかに女房のお久だったのだな」

「旦那、なにもそんなおっかない顔しなくてもいいでしょう。わたしゃなにも悪いことはしていないんですから……。まあ、おかみさんかどうか、そりゃわかりませんが、女の影でした。しかし、おかしいな……」

五郎八は急に首をかしげ、視線を天井の隅に向けてから言葉を足した。

「おかみさんがいりゃ、茶ぐらい淹《い》れてくれたはずですね。隣にいて茶も出さないとは失敬《しっけい》な話です。むこうは頭を下げて、金を貸してくれと頼んでいるんですからね」

「茶は出なかった……」

「へえ、出ませんでしたね。それでわたしゃ、ちょいと心証《しんしょう》を悪くしたんですが……」

五郎八はそういって茶を飲んだ。

結論は、鴻巣屋五郎八は角兵衛という男を見ていなかったということだ。

そして、隣の間に女が控えていた。

「話はその夜まとまったのだな」

伝次郎だった。

「へえ、それで明くる日に、吉兵衛さんがこの店に金を受け取りに来ましたよ」

「ひとりで……」

「いえ、二人です。店を手伝うことになった奉公人だという男を連れていました」

聞き捨てならない証言に、伝次郎は目を光らせた。

「そりゃどんな男だ？　名前を聞いたか？」

「いいえ、名前は聞いてません。遠慮深げに吉兵衛さんの後ろに立っていただけです」

「どんな男だった？　年恰好を覚えていないか？」

伝次郎は思わず身を乗りだしていた。

「年は三十前ってとこでしょうか……。はっきり覚えちゃいませんね。じっくり見たわけでもありませんから」

「おい、どんなことでもいいから思いだしてくれ。思いだせば、おまえの貸した金が返ってくるかもしれんのだ。このままだとおまえは貸し倒れになるんだぞ」

伝次郎の勢いに驚いたように、五郎八はまばたきをして、そりゃそうだとつぶやき、真剣な顔になって考えはじめた。金のことになると必死になるのが高利貸だ。

しかし、五郎八が覚えていることは少なかった。

「ひどい痩せではなかったと思いますが、細身の男です。ちょうど旦那ぐらいの背恰好だった気がします」

五郎八は小一郎を見ていう。

「吉兵衛さんより背が高かったのはたしかですが……」

「他に目立つようなことを覚えていないか。顔に傷があったとか、足が悪かったとか……」

「そんなことは……」

五郎八は首をひねって覚えていないという。

小一郎が落胆《らくたん》のため息をつけば、伝次郎は肩を落とす。


雪は夕刻になってやみ、西の空にわずかな日のあかりを見たが、それも束の間のことであっという間に夕闇が訪れた。

伝次郎たちは松井町の自身番で、火鉢を囲んで話し合っていた。

「角兵衛という男はいなかった」

小一郎は成吉の報告を繰り返すように口にして、煙管を吹かした。

「角兵衛というのは偽《いつわり》の名でしょうが、人相はわかっています。広瀬さん、早速にも人相書を作るべきです」

伝次郎である。

「むろん、そのつもりだ」

「それから八重の亭主のことはまだわかりませんか？　鉄次という亭主です」

「ここに知らせが来ないってことは、まだわかっちゃいないんだろう。そっちは待つしかない」

小一郎は煙管を火鉢の縁《へり》に打ちつけた。

「ことが起きたのは二月前、あるいはその前ということじゃないでしょうか。成田屋吉兵衛が二月前に鴻巣屋から三十五両を借りていることを考えると、そうなるはずです」

「ふむ、そういうことになるだろう……」

「それにこの件の発端は、邦三か、その娘・八重にあったのかもしれません。もっとも成田屋のとばっちりを受けて、八重があのようになったと考えることもできますが……」

その辺はまだ伝次郎も、はっきりそうだとは断言できなかった。

「かもしれねえな」

「広瀬さん、明日はどうしましょう？」

小一郎が静かに顔を向けてきた。

「おまえさんにあまり面倒をかけちゃ悪い。仕事ほったらかしで助をしてくれているんだからな」

「それは気にしないでください」

「まずは角兵衛の人相書を作る。それから鉄次の居場所がわかったら、おまえに伝えることにする。明日はおれたちにまかせておけ。なにかあったら使いを走らせる」

三

「この道は大山道《おおやまみち》に出るのだな。ようやくわかった」

高山策之助が立ち止まって辺りの景色を眺めた。

「そうだ。ここは一度来たことがある」

言葉を重ねる策之助を、牛坂の惣助は見あげるようにして見た。小太りの惣助にくらべて、策之助は六尺近い上背のある大男だった。おそらく頭ひとつは惣助より背が高い。それに、蟷螂《かまきり》のように痩せているので、さらに背が高く見えた。

惣助と策之助、そして真造は中川修理大夫《なかがわしゅりのだいぶ》（豊後岡《ぶんごおか》藩）の下屋敷の裏に来たところだった。道沿いに長い土塀がつづいている。

そばには玉川上水《たまがわじょうすい》から引き込まれた三田用水《みたようすい》が流れていて、ちょろちょろと音を立てていた。この用水は伊皿子《いさらご》や三田のほうまで引き込まれていた。

雪解けのぬかるむ道が日の光を照り返している。

「その浪人は眉間に傷があるんだな」

策之助が惣助を振り返って訊ねた。

「へえ、この辺に半寸ぐらいの傷がついてます」

惣助は自分の眉間の上あたりを指先でなぞった。

「なにをして暮らしているのかわからないのか……。どうせよからぬ男だろう。こんな人里離れたようなところに住んでいるのがあやしいというもんだ。もっと先か？」

「へえ、もうじきです」

真造が案内するように先を歩く。

「高山の旦那、遠慮することはありませんぜ。いうことを聞かなきゃ、ばっさりやっちまってください。誰も見ているもんはいねえんですから……」

真造が振り返っていう。なんだか楽しそうである。

「そんなことより、そやつが金を持っているかどうかだ。それが大事なことだ。そうじゃねえか」

「へえ、おっしゃるとおりで……。高山の旦那、ほらあそこです。林の先に屋根が見えるでしょう」

「ふむ」

短くうなった策之助は、刀の柄《つか》をぐいっと外側に開き、

「よし、おぬしらの年越しの金を稼ぐとするか。まいるぞ」

といって、先に歩きだした。

惣助は真造と顔を見合わせて、にんまりと笑った。

木戸門もなにもない粗末な家の敷地に、足音を殺すようにして三人は入った。縁側の雨戸は開け放されている。庭があるが手入れは行き届いていない。荒れた庭にある木瓜《ぼけ》の赤い花が妙に浮き立っていた。

周囲の林で鳥が騒々《そうぞう》しく鳴いていた。

惣助はときどき策之助の様子を窺い見た。家の中に人の気配がないからだ。

「留守なんじゃ……」

真造がつぶやいた。

「頼もう」

策之助が戸口の前に立って声をあげたので、惣助は驚き、思わず及び腰になった。いまになって眉間に傷のある痩せ浪人の、ぎらつく双眸《そうぼう》が脳裏に甦《よみがえ》ったからである。

しかし、家の中はしーんと静まりかえったままである。

がらりと策之助が戸を引き開けた。なんの変化もなかった。

「留守ですか……」

惣助がおそるおそる訊ねる。

策之助はなにも答えずに敷居をまたいで土間に入り、

「留守のようだ」

と、惣助と真造を振り返った。

「帰りを待つか？」

「いえ、どっかに金を隠してるはずです。家探ししてそれをもらって帰りましょう。なにも斬り合うことはないんですから」

真造がいうのへ、それはもっともなことだと策之助がいう。惣助もそのほうが無《ぶ》難《なん》だと思って、胸をなでおろした。

「よし、金を探すんだ」

策之助が汚れた草鞋《わらじ》のまま座敷にあがった。真造と惣助もつづく。

四

津久間戒蔵は坂の途中で立ち止まって、大きく息を吐いた。

「どうしたんです旦那さん。しんどいんですか？」

お道が心配そうな顔を向けてくる。

「ああ、どうもな……」

「家にこもってばかりいるから足が弱ったんですよ」

「そうかもしれぬ」

津久間はゆっくり歩きはじめた。

もうすぐ道玄坂の頂上に近い場所だった。

坂を上り切ればあとはわりと楽な道になる。

津久間はお道がどこで聞いてきたのか、いい医者がいるから診《み》てもらおうといって、その朝、渋谷宮益町《みやますちょう》に住まう老医師を訪ねたのだった。

医者の診立てはあまりよくなかった。胸に手をあてたり、舌を見せろといったり、瞼をめくってみたりしたあとで、

「無理をせぬことだ。体を休めてのんびりしているのが一番だ」

以前診てくれた医者と同じことしかいわない。津久間は内心で腹を立て、

(やぶ医者ではねえか……)

と、胸の内で毒づいたが、我慢して話を聞いた。

しかし、医者はわけのわからない能書きをいうだけで、これといった治療もせず、煎《せん》じ薬を出してくれただけだった。なんの薬かわからないし、これまでもらっていた薬と変わり映《ば》えしないと思った。

「あんたの病《やまい》は、治すのがむずかしいが、滋養《じよう》のあるものを食べて風通しのいい場所で暮らしていれば、ひょいと治ることがある。とにかく静養が大切だ」

医者はそういったあとで、薬が切れたら取りに来いといった。

「お道、今日の医者も前の医者も同じことしかいわなかったな」

「でも、薬がちがうかもしれません。それに先生は、ひょいと治ることもあるといいました」

（そうであればいいが……）

そうなってほしいと津久間は祈るような気持ちになった。

「それにしても薬礼《やくれい》が高すぎる。足許を見られたか……」

薬礼は三分《ぶ》だった。

「お薬代も入っていますから。さあ、家に帰ったらお昼にしましょう。そのあとで昼寝でもされたらどうです。帰ったらすぐ部屋を暖めますから」

「ああ、そうしてくれ」

津久間はゆっくり歩を運んだ。

ぬかるむ雪解け道は、日の光を照り返していた。師走のせいか、大山道を歩く人の姿がなかった。

やがて二人は物見松《ものみのまつ》を過ぎ、左の道へ曲がった。まっすぐ行けば家であるし、もうほどない。鵯《ひよどり》の止まっている椎《しい》の大木の下に来たとき、家の庭から急ぎ足で出てきた男たちがいた。後ろを振り返ることもせず、逃げるように去っていく。

「……なんだ」

津久間は立ち止まって、男たちを見た。

男たちは三人で、ひとりは背が高く大小を差していた。見送るうちに、津久間にはぴんと来た。あとの二人は、先日家にやってきて脅して金を強請《ゆす》ろうとした二人組だ。小太りのほうの顔を津久間は覚えている。

「なんでしょう……」

「お道、やつらを尾《つ》けろ」

「えっ？」

お道がみはった目を向けてきた。

「いいから行け。尾けて、どこに行くのか突きとめてこい。気取《けど》られないように間を取り、頬被りをするんだ。さ、行け。ぐずぐずするな」

「あ、はい」

お道は津久間に押されるようにして小走りになったが、すぐに振り返った。心細そうな顔をしている。

「見つからないようにしろ。見つかったら逃げてこい。行け、行くんだ」

今度こそお道は、男たちの向かった方向に急ぎ足で歩いていった。お道には余計な心配をさせないように黙っていたが、男たちは先日のものにちがいなかった。

(仕返しに来たのかもしれない)

津久間はそう思って家の中に入ったが、敷居をまたいで唖然《あぜん》となった。箪笥の抽斗《ひきだし》が引きだされ、畳が剝がされ、押入《おしいれ》の中や、行李が荒らされているのだ。畳も板の間も泥だらけである。

津久間は奥の寝間に行って凝然《ぎょうぜん》と目をみはった。金を隠していた行李の下の畳が剝がされていたのである。旅人を殺して奪い取った金だったが、三十余両を隠していた。お道も知らない金だった。それが、そっくり奪われたのである。

津久間は奥歯をぎりぎりいわせると、拳を強くにぎってふるわせた。

(あの野郎ども、たたき斬ってくれる)

ぎらつく目を表に向けて、仁王立ちになった。

お道が帰ってきたのは、日の暮れ方だった。

津久間は火鉢にあたっていたが、部屋は荒らされたままだったので、

「いったいこれはどうしたんです？」

と、帰ってくるなりお道は驚いた。

「あいつらが荒らして金を盗んでいったんだ」

「金を……」

「そうだ、おまえの金は盗まれちゃいないか？」

お道は慌てて茶簞笥の抽斗を引っ張り出した。とたん、「あ」と声を漏らして、津久間を振り返った。

「ない、金がない。すっかりなくなっています」

お道は顔色を失っていた。もっともその金は、お道が女郎屋《じょろう》を足抜してくるときに、店から盗んできたものだったのではあるが。

「手許にはいくらある？」

大事なことだった。津久間は聞かずにはいられなかった。

「二分もありません」

これではこの先暮らしていくことはできない。

「それで、やつらがどこへ行ったかは調べてきたんだろうな」

津久間はひょっとすると、お道が臆病風を吹かして、途中から戻ってきたのではないかと危惧《きぐ》していた。

「どうなんだ？」

「行き先はわかりました」

お道は半ば放心の体《てい》でつぶやいた。

「金王八幡宮の門前町にある長屋です」

「金王八幡……中渋谷村の八幡さまか……大名屋敷のあるそばだな」

津久間はその辺の地理には詳しい。

「そうです。でも、侍はどこかに行ってしまいました。途中まで尾けたんですけど、わからなくなって……」

おそらく怖くなって尾けるのをやめたのだと、津久間は思った。

「金王八幡前の長屋にいるのは二人だな」

「そうです」

津久間は障子を開けて、表を見た。

すでに宵闇《よいやみ》が降りていた。これから行ってもよいが、どうしようかと考えた。盗人の家はわかっているし、津久間はひとりの男の顔を覚えている。

(明日にしよう)

そう思い決めた。

「しかたない。金は明日にでも取り返す。片づけと掃除をしたら飯にしよう」

「旦那さん、体はどうなの？」

「昨日と変わらずだ。いいから早くしろ」

お道は片づけをしながら、しきりに恨《うら》み言《ごと》を口にした。

「師走だからどこも金がないんだろうけど、なにもこんな家に泥棒が入るなんて……。考えれば考えるほど腹が立ってきます」

「腹を立てて金が戻ってくれれば世話はない」

そういう津久間の腹立ちも収まっていないのだが、お道があまりにも恨み言をいうので、そのうち聞くのがいやになった。

「嘆くことはない。金は必ず取り返す」

「そうしてもらわないと、この先の暮らしが立たないのですからね。でも、あの三人、やくざみたいでしたよ。旦那、その体で大丈夫……」

お道は不安そうな目を向けてくる。

女房気取りのお道も、この夜ばかりは金のことと先の暮らしのことが心配でならない様子だった。

五

伝次郎は仙台堀に架かる海辺橋《うみべばし》のそばに舟をつけると、舫《もやい》を雁木《がんぎ》につないで、櫓床《ろどこ》下の舟梁《ばり》に腰をおろした。

久しぶりの暖かな日和《ひより》で、風も水もぬるくなっていた。大川を上って山谷堀まで行ったときは汗をかいたほどである。

足許から弁当の包みをほどき、箸を手にした。千草が今朝届けてくれた弁当である。必ずといっていいほど、玉子焼きが入っていた。

それも味がいい。砂糖の甘さと塩加減が絶妙なのだ。口に入れると甘みといっしょに塩気が口中に広がり、それに玉子独特の旨みが重なり合う。

玉子は高価だ。おおよそ二十文《もん》はする。かけそば一杯が十六文だから、玉子焼きは贅沢《ぜいたく》な食べ物である。それを惜しみなく千草は作ってくれる。沢庵ありがたいと思いもするが、その玉子焼きに千草の情愛を感じるのである。沢庵を齧《かじ》り、飯を頬ばり、玉子焼きを食す。

晴れた空で舞う鳶《とんび》がのどかな声を降らしている。

弁当を作ってもらうようになって、伝次郎は毎日のように千草に会っている。それも空《から》の弁当を返しに行くから日に二度である。

店の客は日を置かず千草の店にいる伝次郎を見て、

「なんだか伝次郎さん、あやしいじゃねえか」

と、妬《ねた》みとおもしろ半分の目を向けてくる。

「なにがあやしいんだ」

「千草さんとよ……へへッ……」

「冷やかすんじゃねえ」

伝次郎は白《しら》を切るが、客の誰もがこそこそと千草と自分の噂をしているのを知っていた。

「あら、焼き餅焼いているの。だったらほんとうに焼いてもらいたいわ。でもね、わたしは伝次郎さんと手もにぎっていなければ、枕を並べたこともないのよ。残念ねえ」

千草はそういって客をあしらう。しかし、「残念ねえ」というときの千草の目が自分に向けられるのを伝次郎は知っていた。それに、こっそり手をにぎりあっている。

(案外、あの女も……)

伝次郎は心中でつぶやいて、苦笑いをする。

しかし、千草と理《わり》ない仲には、いまはなれない。それは妻子の仇を討つまでは、慎もうと思い決めていた。

では、仇を討ったらどうなるのか？

そのことをときどき自分に問いかけることがあるが、深く考えないことにした。いまは千草の好意に甘えているだけだと割り切っていた。

伝次郎は弁当を食べ終えて、何気なく河岸道に目を向けた。もうそれは船頭の癖でもあるが、津久間戒蔵が歩いていないかという考えもあってのことだった。

津久間戒蔵を討つという思いは小揺《こゆる》ぎもしていないが、かすかな不安はある。もう津久間が自分をねらっていないのではないかということだ。

そうなると、津久間は二度と自分の前にはあらわれないだろう。妻と子と、そして中間と小者を殺しただけで満足しているのかもしれない。

だが、品川で津久間に似た男を見たという話もあるし、自分のことを探っている女が八丁堀《はっちょうぼり》にいたということも耳にしている。

ただ、待っているだけの伝次郎には忸怩《じくじ》たる思いがある。しかし、探しようがないのだ。津久間は仕えていた唐津《からつ》藩の目付《めつけ》からも追われる身である。藩目付は手掛かりをつかんだところで、町奉行所に連絡をすることになっているが、それもない。

（あの男、いまごろどこで……）

伝次郎は遠い空を見て腰をあげた。

舫《もやい》をほどき、舟を出す。小一郎たちの探索が気になった。

小一郎はもう一度、成田屋吉兵衛と八重の周辺を調べているはずだ。同時に、邦三の素行《そこう》と殺されたお久のこともあらためて調べなおしている。

お久は四十九という大年増《おおどしま》だったが、男の影があるかもしれないし、吉兵衛にも悪い女癖があったかもしれない。

今日はお久の葬儀だが、もう野辺送りは終わったころか。

伝次郎は棹を操りながら、舟を仙台堀の東へ向けていた。客は拾えなかった。拾えずともよかった。どうしても成田屋にからむ殺しの一件が頭から離れない。

八重はなぜ土左衛門になったのか？　背中にあった無数の傷。そして、邦三はどこへ行っているのか？

さらに、邦三の妹で成田屋吉兵衛の女房・お久はなぜ殺されたのか？　亭主の吉兵衛の行方もわかっていない。まったくもって不可解な事件である。

大横川に出て小名木川を横切ったが、声をかけてくる客はいなかった。舟はいつでも岸につけられるように、ゆっくり進めている。

（これだったら客待ちがよかったか……）

客を拾えるのはそのときどきで、運不運がある。舟を流しているときに客にあたることもあれば、河岸場の雁木につけていても半日も暇暮らしをするときがある。

結局、伝次郎は南辻橋《みなみつじばし》をくぐると、舟を左に向けて竪川を西に向かった。そうなると、自《おの》ずと行き先は決まる。

小一郎が連絡先に使っている松井町一丁目の自身番である。

松井町河岸に舟をつけたとき、自身番から飛びだして駆けていく成吉の姿があった。なにやら尋常ではない顔つきで、脇目《わきめ》も振らずという様子だった。

「成吉！　成吉！」

伝次郎が声を張ると、成吉が立ち止まって振り返った。伝次郎に気づき、平べったい顔をはっとさせると、慌てたように駆け戻ってきた。

「どうした？」

「鉄次が見つかったんです。八重の亭主だった鉄次です」

「どこにいる？」

「小網町《こあみちょう》の番屋です。広瀬の旦那は鯨船《くじらぶね》を出して向かっています。あっしはいまそこの番屋に戻ってきて知らされまして……」

「乗れ」

伝次郎は成吉を舟に乗せると、勢いよく棹を川底に突き立てた。成吉のいう鯨船というのは、本所方が緊急の際に使う快速船である。昔は軍船《いくさぶね》として使われた勢子船《せこぶね》で、四挺櫓《ちょうろ》を使うので、船頭ひとり櫓がひとつの猪牙舟よりはるかに敏捷《びんしょう》だった。

「鉄次が見つかったのはいつだ？」

「それは行ってみなきゃわかりませんが、ついさっきのことでしょう。朝はなにもそんな話は出ませんでしたから」

伝次郎は棹を右から左の舷《とも》側に移し、川底を強く押した。そのたびに、舟はぐいっぐいっと前へ押しだされる。一ツ目之橋をくぐり抜け、大川の流れに乗ると櫓に替えて一気に川を下った。

六

小網町の自身番につくまで、成吉は小一郎たちの調べを話したが、進展はないようだった。つまり、吉兵衛にも殺されたお久にも生臭い異性関係はなかったということである。八重の男関係も洗い出しを行ったらしいが、こちらもなにもないということであった。

「鉄次が見つかったのなら、なにか知っているかもしれません」

成吉が目を輝かせていう。伝次郎もそうであることを期待した。

鉄次が放り込まれているのは小網町三丁目の自身番だった。伝次郎はその自身番近くの舟溜まりに舟をよせると、急いで自身番に向かった。

「いま、旦那が調べておりやす」

自身番前にある床几で待機していた丈助が声をかけてきた。

「なにかわかったか？」

「さあ、それは……」

伝次郎は首をかしげる丈助を置いて、そのまま自身番に入った。調べをしている小一郎がちらりと、伝次郎を見てきたがすぐに顔を戻して、

「それで、五日前はどこにいた？」

と、神妙な顔をして座っている男をにらむように見た。

男は鉄次である。

三十半ばの色の黒い男で、紺絣《こんがすり》の綿入れを着込んでいる。大工ではなく町人のなりだ。

伝次郎は上がり框に腰をおろして、様子をみることにした。

「五日前は……旦那、そんないちいち覚えちゃいませんよ。勘弁してくださいよ」

「黙れッ。てめえの女房が死んだんだ。まさか、てめえが突き落としたんじゃねえだろうな」

「とんでもねえ。そんなことおれがするわけないでしょう」

鉄次は目を大きくして、鼻の前で忙《せわ》しく手を振る。

「そりゃ、わからねえことだ。てめえは八重ときっちり別れているわけじゃねえ。いまいる女といっしょになりたいがために、八重が邪魔になった。そういうことも考えられるんだ。おい、ちゃんと思いださねえと、ほんとうにてめえの仕業《しわざ》ってことになっちまうぜ」

「ちょ、ちょっと待ってくださいよ。あっしはほんとうにやっちゃいませんて。何度いえばわかるんです」

「だから、五日前のことを思いだせといっているのだ。六日前までは聞いたが、五日前のことだ」

(五日前……)

伝次郎は宙の一点を見据えた。

もうその日には、八重は土左衛門になっていた。聞いても無駄なことだと思うが、小一郎には他に意図があるようだ。

「五日前は昼ごろ起きて、夕方になってお久美《くみ》といっしょに店に出ました。そう、たしかそうです。それで、おれは店で小半刻ほど飲んでから、ぶらぶら家に戻ったんです」

「家というのはお久美の家だな」

「そうです。それから……そうだ、隣の隠居と将棋を指したんです」

「嘘じゃねえな。調べりゃすぐにわかることだぜ」

「どうぞ、調べておくんなさい。あっしゃなにもやっちゃいませんから」

その自信ありげな顔を見て、これはちがうと、伝次郎は思った。小一郎もそう感じているはずだ。

「親方、悪いがいまこいつのいったことがほんとうかどうか、お久美の家に行ってたしかめてきてくれねえか」

小一郎が自身番の書役にいうと、

「へえへえ、それじゃ行ってまいりましょう」

と、自身番を出ていった。

「なぜ、八重と別れた？」

聞いたのは伝次郎だった。「この人は？」と、鉄次が小一郎を見る。

「こんな身なりをしているが、おれの仲間だ。答えろ」

「ヘッ、それじゃ船頭さんは……いえ、町方の旦那で……」

伝次郎はそれには答えずに、同じ質問を重ねた。

「なぜ別れたかって……まあ、そりゃ……飽きちまったというか、おもしろくなくなったんで……」

ようするに、鉄次は八重に愛想づかしをしたのだろう。

「いま付き合っているのはお久美というらしいが、お久美は八重のことを知っているのか？」

「そりゃ前から知ってますが、八重には関わっちゃいませんよ」

「お久美のことは調べた。あの女はこの件にはなんの関係もないようだ」

小一郎が伝次郎にいった。

そのとき、書役が戻ってきて、鉄次の証言に嘘はないと告げた。

「ほら、いったじゃありませんか。じゃあもういいですか」

鉄次はほっと胸をなでおろすような顔になって尻を浮かしかけたが、伝次郎がそれを制した。

「おまえは八重の親を知っているはずだが、成田屋も当然知っているな」

「おばさんが嫁いでいる店ですから……」

「二、三ヵ月前に成田屋でおかしなことが起きたはずなんだが、おまえはなにか気づくことはないか？」

伝次郎は鉄次の顔を食い入るように見た。

「成田屋は二月前あたりから金に困っていた節《ふし》がある。もし、おまえが成田屋にそのころ出入りしていたなら、なにか気づくことがあったはずだ。どうだ……」

「そんな前のことは……だって、五日前のことを思いだすのがやっとだっていうのに……」

鉄次は急に言葉を切って「あれ」と、小首をかしげた。

「どうした？」

「そういえば、妙なことを八重がいっていたことがありました」

鉄次は急に真剣な顔つきになって、八重のいったことを口にした。

七

「おじさんが困ったことになったのよ」

「おじさんというのは、誰だい？」

それは鉄次が金の無心をしにいったときのことだった。

「誰って、成田屋のおじさんしかいないじゃない」

八重は茶も出さず、早く帰ってほしいような顔で鉄次を見た。しかたないので、鉄次は自分で茶を淹れた。

「成田屋のおじさんがどうした？　店はそこそこうまくいってるんじゃねえのか」

「大きな声じゃいえないけど、若い女ができたらしいのよ」

「女……あのおやじに……」

鉄次は成田屋吉兵衛の年老いた恵比寿顔《えびすがお》を思いだして、噴《ふ》きだした。

「ハハハ、あのおやじに女。こりゃァおもしれえわ。それでどこの女なんだい？」

「知らないわよ。おばさんがこの前泣きついてきたから、どうしたのかって聞けば、そんなようなことをいったから。もっともはっきりいったわけじゃないけど……」

「へん、男はいくつになっても女を……」

鉄次は口をつぐんで茶を飲んだ。自分も女を作って逃げた口だから、大きなことはいえなかった。

「女をなによ……」

八重がキッとした目で見てきたので、鉄次はいきなりかしこまるようにあらたまって、

「すまねえが、ちょいとほんの一分《ぶ》でいいんだ。貸してくれたらすぐに返す。嘘はいわねえ。おめえしか頼るものがいなくてよ。明日の飯にも困ってんだ。頼む、このとおりだ。利子《りし》もつけて返すから、目をつぶってちょいと出してくれねえか」

鉄次は拝むように手を合わせて頭を下げた。

「八重は出ししぶりましたが、おれとはまだちゃんと縁を切った仲じゃないので、どうにか貸してくれたんですがね……へへ……」

話を終えた鉄次は、卑屈《ひくつ》な笑いを漏らした。

「成田屋吉兵衛に若い女ができたといったんだな」

伝次郎は目を厳しくして鉄次をにらんだ。

「へえ、そんなことを……」

「それはいつのことだ？」

「三月前だったか二月前だったか、まあ、そんなころでした。おれはそれっきり八重には会っていないんで……」

「成田屋吉兵衛に女ができたことを、女房のお久は知っていたってことか……」

腕を組んでうなるようにいうのは小一郎だった。

「その女のことをおまえは詳しくは聞いていないんだな」

伝次郎は鉄次を殴りつけてやりたい心境だったが、堪《こら》えて聞く。

「さあ、どこの誰だかさっぱりです」

鉄次は耳に指を突っ込んで、ついた耳くそをふっと吹いた。

「帰っていい」

唐突に小一郎がいった。鉄次を射殺すような目つきだった。

「てめえと話をしていると虫酸《むしず》が走る。とっとと帰りやがれッ」

「ヘッ、ずいぶんなものいいじゃありませんか。だけどまあ、旦那がいいっていうんなら遠慮なく、帰らせてもらいます。とんだ暇つぶしになっちまったぜ」

鉄次は裾《すそ》を払って立ちあがると、番屋にいる者たちをひと眺めして出ていった。

伝次郎は畳の目を見つめながら怒りを押し殺していたが、堪忍袋《かんにんぶくろ》の緒が切れた。すっくと立ちあがると、そのまま表に飛びだし、鉄次を追った。

「待て」

自身番からほどない道具屋の前だった。

「なんです。まだなにかあるんですか？」

鉄次がいったとたん、伝次郎は右腕をすばやく動かしていた。がつッと鈍い音がして、鉄次の顔が斜めにかしいで、そのまま尻餅をつくように倒れた。伝次郎は冷え冷えとした目で鉄次を見下ろした。

「鉄次、てめえは八重とまだちゃんと縁を切った仲じゃないといったな」

「…………」

「それで金の無心《むしん》に行き、貸してもらった。だが、てめえは他の女と懇《ねんご》ろになっていい気なもんだ。人には血ってものがある、心ってものがある、情けってものがある」

伝次郎はしゃがみ込んで、鉄次の胸ぐらをつかんで引きよせた。

「てめえはろくでもない男だ。てめえの女房が死んだと聞いて、なにも感じねえのか。困ったときに助けてくれた女房じゃなかったのか。幸せを分かち合ったこともあったはずだ。それなのに、女房の死をなんとも思わずに、てめえはどこへ行くつもりだ？　女のところか？　えッ……なんとかいってみろ」

「そ、それは……まあ……線香のひとつもあげなきゃ……」

伝次郎はもう一度鉄次を殴りつけた。

鉄次は鼻血を噴きだして、大の字に倒れた。

「土左衛門で見つかった八重の体には、数え切れねえほどの傷があった。鞭《むち》か棒でたたかれた痕《あと》だ。土左衛門で見つかったが、ひょっとすると殺されたのかもしれねえ。八重の弔《とむら》いは終わっている。線香をあげようという気持ちがあるんだったら、寺島村の蓮華寺に行くことだ」

伝次郎はそれだけをいうと、放心の体でいる鉄次を残し、くるっときびすを返して自身番に戻った。

むなしい風が心の中を吹き抜けていった。

(あのとき……)

伝次郎は遠くの空を見て思う。

あの、法恩寺橋の河岸道で見た八重のおびえたような横顔がまざまざと甦ってきた。しかしながら、他の男と、先頭を歩いていた女の顔がはっきりしない。悔やむのはそのことである。

(まさかあの女と成田屋吉兵衛が……)

もし、そうだったら悪い美人局《つつもたせ》にあったということかもしれない。

自身番に戻ると、小一郎が吉兵衛とできていたという女を探せと、丈助と成吉に指図していた。

「成田屋吉兵衛が出入りしていた店を、片端からあたるんだ。二、三ヵ月前に、吉兵衛と若い女がいっしょにいたところを見ているやつがいるはずだ。行け」

丈助と成吉が自身番を飛びだしていった。

それを見届けると、伝次郎は小一郎といっしょに自身番を出た。いつの間にか雲が茜《あかね》色に染まっていた。

小一郎は鯨船を返し、伝次郎の猪牙舟に乗り込んで、松井町河岸に向かった。

ぎっし、ぎっしと伝次郎の櫓の音が軋《きし》む。

夕風が大川端《おおかわばた》の枯れすすきを揺らしていた。

「吉兵衛の女遊びが発端だったのかもしれねえ。相手の女のことを、女房のお久は知っていた。そして、姪《めい》の八重もそのことを聞かされていた。だが、その二人はもうこの世にはいねえ」

小一郎は独り言のようにいって、吸っていた煙管の雁首を舟縁に打ちつけた。

「これまでの聞き込みからすると、吉兵衛は身持ちの堅い男だったようです。それが突然若い女に狂うには、なにか裏があるんじゃないでしょうか」

「おそらくそうだろう。成田屋の金はそっくりなくなっているし、吉兵衛は八十五両の借金をして行方《ゆくえ》知れずだ。その若い女に唆《そそのか》されたのかもしれねえが……女房を殺すような男には思えない」

「八重も殺されていますからね」

「そうなのだ。若い女に狂っててめえの女房が邪魔になっての殺しなら、よくある話だ。だが、女房の姪っ子まで殺すことは考えられねえからな。それに吉兵衛の義兄になる邦三も行方知れずだ」

「吉兵衛の倅と娘はなにも知らなかったんでしょうか？」

「父親に若い女ができたってことか……。あの二人からはそんな話は出なかったからな。だが、明日にでもたしかめてみよう。親の恥を隠すために黙っていたってこともある」

松井町の自身番に戻って、小半刻ほどしたときだった。

「旦那、広瀬の旦那……」

血相変えて飛び込んできた男がいた。それは本所菊川町《きくかわちょう》の自身番の番人だった。

「どうした？」

「頼まれていた男の、その成田屋の主の死体《おろく》が見つかりました」

「なにッ」

小一郎と伝次郎は、持っていた湯呑みを宙に浮かしたまま驚きの声を漏らした。

第四章　見えぬ敵

一

日が暮れると、金王八幡宮の境内に鬱蒼《うつそう》と聳《そび》える杉や檜《ひのき》といった樹木が、群青《ぐんじょう》色の空を背景に黒く縁取られた。門前町の東にある大名屋敷（福岡藩下屋敷）も夕《ゆう》靄《もや》の中に沈んでいる。その町にさほどのにぎわいはなかった。

津久間戒蔵はそれだけ目立たないように動かなければならないと肝に銘じていた。ときどき、コホコホと、小さな咳をして茶をすすった。

門前町にある葦簀掛けの茶店の奥だった。これから押し込む長屋の家は下見をすませてきた。

住んでいるのは真造という男だった。聞いたところでは遊び人らしい。体つきから自分の家に最初に押し込みをかけようとした、痩せのようだ。津久間が顔を見た、小太りのほうは名前がわからなかった。

(だが、名なんぞどうでもいい)

津久間はぬるくなった湯呑みから顔をあげて、さらに夕闇の濃くなった表を見た。渋谷宮益町から三、四町ほどの地だが、寂《さび》れた郊外である。

あまり長居をすると、店の者に顔を覚えられるおそれがあるので、茶を飲み終えると店を出た。そのまま金王八幡宮の参道を歩き境内にはいって、小半刻ほど暇をつぶし、それから真造の長屋に足を向けた。

小さな長屋である。路地にはいると、真造の家の腰高障子にあかりがあった。どうやら帰ってきたようだ。

戸口の前に立って耳をすますと、話し声が聞こえてきた。

家の中にいるのは男二人である。津久間は一度まわりを見た。寒いのでどこの家も戸を閉めてあるし、人の姿はなかった。

「こんばんは」

低声《こごえ》で声をかけた。とたん話し声が止み、

「どなたさんで……」

と、用心深い声が返ってきた。

「ちょいと、お訊ねしたいことがありまして」

津久間は声色《こわいろ》を使った。

舌打ちが聞こえ、腰高障子の向こうに影が立ち、戸が横にするすると開かれた。

刹那《せつな》、津久間は脇差《わきざし》を抜いて、男の脾腹《ひばら》に切っ先を突きつけた。

「下がれ。声を出すんじゃない」

相手は真造だった。顔面蒼白になって後ずさり、上がり框につまずくようにして居間に尻餅をついた。もうひとり、こっちは顔を知っている小太りだった。驚いたように目をみはっている。

「声を出すな。話はすぐにすむ」

津久間は真造の喉に脇差をあてがって、再度忠告した。

「名は……てめえの名だ」

津久間は小太りをにらんで訊ねた。

「そ、惣助です」

声がふるえていた。

「なめたことしやがって……。盗んだ金をそこに出せ」

「ヘッ」

「おれの家から盗んだ金だ。出せ、さもなくばこいつの命はねえ。十両の盗みで首が飛ぶってことを知らないわけじゃねえだろう。早くしな。それとも番所に突きだすか。え、どうされたい」

惣助は何度か生つばを呑み込み、押さえつけられている真造を見て、おそるおそる懐に手を差し入れた。それからおずおずと財布を差しだした。

「もうひとりいたな。浪人のようだったが、やつはどこだ？」

「ここにゃいません」

「どこにいる？」

「あ、麻布です。熊石の貫五郎一家です」

やくざの名を口にすれば、臆するとでも思ったのだろうが、津久間は顔色ひとつ変えなかった。

「あとで案内《あない》してもらおう。真造、てめえも盗んだ金を出すんだ。どこにある？動くなッ」

惣助が畳を這うように動いたので、津久間は素早く脇差の切っ先を向けた。惣助は四つん這いになったまま体をかためた。そのそばに匕首があった。

「真造、悪いことはできねえな。盗んだ金を返すんだ。どこにある？」

真造はあおむけになったまま、自分の懐を手でたたいた。

「ここか……」

津久間はそういうなり、真造の喉笛《のどぶえ》をゆっくり掻《か》き斬った。

「ぐっ……」

真造はごぼごぼと血をあふれさせ、四肢《しし》を痙攣《けいれん》させた。惣助は恐怖に襲われたのか、目をみはったまま体を硬直させていた。津久間はなに食わぬ顔で、真造の懐から財布を抜き取り、自分の懐に入れた。

すでに真造は息絶えていた。そのまま死体を土間に落とすと、土足のまま居間にあがり込み、瘧《おこり》にかかったようにふるえている惣助の顎をつかんだ。

「浪人のいるところへ案内してもらう。へたなことをすりゃ、おまえもすぐにあの世行きだ。立て」

津久間は惣助の後ろ襟《えり》をつかんで立たせた。

長屋を出るときに、人の目がないか気にしたが、さっきと同じでどこの家の戸も閉まったままだった。表の坂道に出ても、人と会うことはなかった。

空には痩せた月と星があるだけだった。提灯なしの夜道は心許《こころもと》ないが、すぐに夜目《よめ》が利くようになった。

惣助は聞かれることに素直に答えていった。もうひとりの浪人は、高山策之助といい麻布を縄張りにしている博徒《ばくと》・熊石の貫五郎の用心棒だという。

おまえも貫五郎の子分なのかと聞いたが、そうではない、自分は韮山の富三郎の子分だが、親分が鮫洲の甚五郎に殺されたので、貫五郎に仇を討ってもらうつもりだと語った。

富三郎は同じ品川に根を張る甚五郎に殺されたということだった。それで縄張りも取りあげられてしまったと、惣助は嘆く。

「お願いです。どうか命だけは助けてください」

「その前に高山策之助の家に案内するのが先だ。おまえの命など二の次だ」

「し、しかし、命だけは……。なんでもしますから、いってください」

津久間は返事の代わりに、コホンコホンと咳をした。

二人は金王八幡宮前から人気のない下渋谷村と麻布村の畑道を辿り、堀田《ほった》坂を下り、麻布三軒家町《さんげんやちょう》を素通りし、ごみ坂を上ると、そのまま道なりに進み麻布本村《ほんむら》町《ちょう》に来た。すぐ先には暗い仙台坂があった。

「高山の家は……」

惣助がおどおどした顔で振り返り、

「すぐそこです」

と、指さした。

「行け」

惣助は小太りの体を縮こませて、おそるおそる足を進め、一軒の長屋の木戸口に立った。三軒目がそうだという。嘘をいっている様子はないが、家にあかりはなかった。

「留守のようだな」

「多分、親分の家でしょう」

「教えろ」

「斬らないでくださいよ」

目の前で相棒の真造を殺されているので、惣助はすっかりおびえていた。

高山策之助が用心棒を務めている熊石の貫五郎一家は、善福寺《ぜんぷくじ》門前元町にあった。

その町の北へ、麻布の町屋がのびている。

貫五郎の小さな屋敷をたしかめた津久間は、乗り込むのはあまりにも暗愚《あんぐ》だと考え、高山策之助に会うのは別の日にすることにした。

「それじゃ帰るか。案内しろ」

「ヘッ、どこへです」

「おれの家への道案内だ」

惣助は大きなため息をついて、来た道を後戻りした。だが、それは長くなかった。

人気のなくなった仙台坂の途中で、津久間が刀を閃《ひらめ》かせたからだった。懐紙《かいし》で刀をぬぐった津久間は、何事もなかったような顔で歩きつづけた。その背後に、横たわった惣助の体が暗い闇に溶け込んでいた。

二

正確には成田屋吉兵衛は死んではいなかった。

発見されたのは本所菊川町二丁目、榎稲荷《えのきいなり》のそばにある土蔵の中だった。土蔵は誰も住んでいない幕府小役人の屋敷地内にあり、見つけたのは近くにある辻番に詰める幸作《こうさく》という番人だった。

「あの屋敷は横山数馬《よこやまかずま》様のお屋敷で、あっしはときどき見廻りをして、家に風を通してくれと頼まれていたんでございます」

幸作は目に異物《いぶつ》がはいったときのように、目をしょぼしょぼさせていう。どうやらそれが癖らしい。

伝次郎と小一郎は、その家にはまだはいっていなかった。屋敷の持ち主は、小役人とはいえれっきとした幕臣であるから、それなりの手続きを踏まなければならない。

ただし、成田屋吉兵衛の見つかった土蔵だけは確認し、土蔵内をあらためていた。

しかし、これといった発見はなかった。

「吉兵衛はおまえさんが見つけたときには、まだ生きていたんだな」

小一郎は行灯のあかりに染められた幸作を凝視する。本所菊川町の自身番だった。知らせを受けて、伝次郎と小一郎は飛んできたのだが、幸作を探すのに往生《おうじょう》したのだった。

幸作は成田屋吉兵衛を見つけはしたが、生きていたので、怪我人が土蔵の中にいるということだけを自身番に知らせて、急ぎの用事を済ませに外出していたからだった。

「虫の息でしたが、譫言《うわごと》のようになにかぶつぶついっておりました」

「なんといっていた？」

「それがはっきりしないんです」

小一郎は自身番に詰めている者たちを見た。

「成田屋をここに運んだのは……」

「あっしと晋吾《しんご》です」

彦次《ひこじ》という番人が、隣に座っている同じ番人を顎でしゃくった。

「おまえたちは成田屋の譫言をなにか聞いていないか？」

「へえ、なにかしゃべってましたが……」

「あっしは聞きました」

晋吾が一膝進めていった。

「聞きちがいでなきゃ、美代《みよ》って名を口にして人殺しだとはっきりといいました。それから大江正之助《おおえまさのすけ》という名をつぶやいて、悪党だ、悪党だと」

伝次郎と小一郎は顔を見合わせた。

「その二人にひどいことをされたといったのか？」

「いえ、そうはいいませんが……ただ、悪党だとか鬼だとか……そんなことをわたしは聞きました。彦次は戸板の前にいたんで、聞こえなかったんでしょうが……」

「この番屋に運び入れたときには息を引き取っていたのだな」

「途中までは生きていたんですが……」

晋吾はそうだよなと、彦次に同意を求めるようにいった。

伝次郎は美代という女が、あの法恩寺橋近くの河岸道で見た女ではないかと思った。大江正之助というのは、そのときいた仲間のひとりだろう。そう考えてよいはずだった。

「その他になにか聞いたことはないか?」

小一郎は二人の番人と、幸作を順繰《じゅんぐ》りに見たが、三人ともなにもないという顔だった。

「調べは明日やりなおそう。幸作、また聞くことがあるかもしれねえが、明日も辻番の勤めがあるんだな」

「へえ、すぐそこの林播磨守《はやしはりまのかみ》様の番屋にいます」

幸作の詰めている辻番小屋は、林播磨守（請西藩《じょうざいはん》）下屋敷の角にあった。

小一郎は幸作を帰すと、もう一度成田屋吉兵衛の死体をあらためた。伝次郎も立ち合い、提灯のあかりを頼りに、今度は仔細に体を見ていった。

着衣に身を証《あか》すものはなにもなかった。両手両足をきつく縛られていたらしく、くっきりと痣が残っていた。口から耳の下のあたりにも同じ痣が見られた。こちらは猿ぐつわを嚙ませられていたからだろう。しかし、幸作が見つけたときには、その猿ぐつわは外れていたようだ。

「縄で縛られた痕以外に、とくに目立つ傷はありませんね」

伝次郎は吉兵衛のめくった着物を元に戻して立ちあがった。

「ふむ。明日、あかるくなってからもう一度調べなおそう。おれは明日の朝早く御番所に行き、横山数馬殿の屋敷の調べができるように計らってくる。空き家だからすぐに許しは出るはずだ」

小半刻後、伝次郎は千草の店の小上がりで、物思いに耽《ふけ》っていた。酒はちびちびとしか進んでいない。鯖《さば》の煮付けが目の前にあるが、それにも手をつけていなかった。

成田屋吉兵衛は、美代という名を口にして、人殺しと罵《ののし》り、大江正之助という者は悪党だと繰り返している。

(美代……大江正之助……)

いったい吉兵衛とどういう関係であったのだろうか？　正之助という男が、上野の小間物問屋・京屋の番頭に化けた角兵衛なのか……。そして、美代という女が、吉兵衛とできていたという若い女なのか……。

「うむ……」

短くうなって、伝次郎は盃を口に運んだ。馴染《なじ》み客と千草の楽しげな笑い声がした。そちらを見ると、ちらりと千草と目があった。

伝次郎は照れくさそうに、視線を外すと、鯖の煮付けに箸をつけた。

酒を飲みながら伝次郎の思考は、今回の不可解な事件に戻ってしまう。しかし、考えは堂々めぐりをするばかりで、うまく整理をつけられない。

ただはっきりいえるのは、美代という女と、大江正之助という男がもっとも疑わしいということだ。しかし、その二人のことはまったく濃い霧の中にあるだけだ。

また、美代という女の顔に痣があれば、成田屋の小僧・和助が見た女と同一人物である。

しかし、その女がどこにいるのかさっぱりわからない。

「なによ、さっきからずいぶんむずかしい顔をしてるじゃありませんか」

馴染み客を帰した千草がそばにやってきた。

「なにかおもしろくないことでもありましたか。さあ……」

千草が酌をしてくれる。

「そんなことではない。ちょいと考え事をしていただけだ。……冷えてきたな」

隙間風が冷たくなっていた。

「また、雪かもしれませんわね。いやだわ、寒いのは」

「まったくだ。それにしてもいつも悪いな」

「は……」

千草がきょとんとした顔を向けてくる。行灯のあかりを照り返す羽二重《はぶたえ》肌が、桜色に染まっていた。

「弁当だ。毎朝、大変だろうに」

「あら、ご迷惑」

千草はちょっと拗《す》ねた顔をした。

「迷惑だなんて、いつも感謝しているよ。おかげで毎日が楽しみだ。それに弁当の味は格別だしな」

「そういってもらうと、わたしも作り甲斐がありますわ」

千草は顔をほころばせる。その視線がまた伝次郎の視線にからんでくる。千草には慎み深い美しさもあるが、江戸っ子特有の姐ご肌の気性も持ち合わせており、ぽんぽんと歯に衣《きぬ》着せぬことをいいながらも客あしらいが巧みだった。そんなところがまた客に気に入られてもいる。

しかし、伝次郎の前では、千草はひとりの女になってしまうことがある。このごろとくに顕著になってきた。

「さ、明日も早い。今夜はこれで引きあげよう」

伝次郎が腰をあげると、千草の顔に一抹の寂しげな色が刷《は》かれた。

「冷えるようだから風邪を引かねえようにな」

伝次郎は店の戸口まで行って振り返った。

「……伝次郎さんも。明日もお弁当作っていきます」

無理はしなくていいと、口をついて出そうになったが、

「いつもすまねえ。それじゃ……」

そう応じて、表に出た伝次郎は小さく嘆息した。

三

翌日の昼前に、千吉とお咲が父・吉兵衛の遺体と対面した。

千吉は信じられないという顔で、しばらく呆然《ぼうぜん》としていたが、お咲のほうは無惨な父の姿を見るなり、遺体にすがりついて号泣《ごうきゅう》した。

伝次郎たちは悲しみに暮れる二人を黙って見守っているしかなかった。その二人がやってくる前に、吉兵衛の見つかった屋敷の土蔵と、屋内をあらためたが、とくに気になるものはなかった。

しかし、伝次郎はその屋敷内の様子を見て、なにも気づかなかったわけではない。殺しの下手人たちは、しばらくその屋敷に逗留《とうりゅう》していた跡を残していた。埃の溜まっているはずの座敷の一間に、埃がなかったことと、水瓶《みずがめ》の水が新しいことである。使われた食器があることもわかった。屋敷番を頼まれている辻番人の幸作の話では、ここ三月以上屋敷の持ち主である横山数馬は来ていないし、幸作も屋敷の食器を使ったことはなかった。また、横山数馬がこの一件になんら関わっていないこともはっきりしていた。それは横山数馬が重い脚気《かっけ》にかかり、自邸の床《とこ》に臥《ふ》しているからである。

つまり、食器は誰かが使った証拠であるし、人数こそ不明だが座敷に誰かが居座っていたことは明白だった。

「千吉、こんなことになって心から悔やみを述べるが、おれたちの調べの力になってくれねえか」

小一郎は涙に暮れていた千吉が、どうにか冷静さを取り戻したところで声をかけた。

「おとっつぁんの仇を取ってもらえるんでしたら、なんでもいたします」

そばにいたお咲も、泣きじゃくりながら「わたしも手伝います」という。

「三月ほど前になると思うんだが、どうも吉兵衛に女ができたようなんだ」

「えッ、おとっつぁんにですか……」

お咲が泣き濡れた目をみはった。

千吉は目をしばたたいている。

「おまえたちのおっかさんの姪にあたる八重が、そのことを聞いているんだ。八重はおまえたちのおっかさんから、その悩みを打ちあけられたようだ」

「そんなことが……あの、おとっつぁんにかぎって……」

千吉は能面顔でつぶやく。

「その女のことはわかっているんですか？」

お咲がまっ赤に泣き腫《は》らした目を、まっすぐ小一郎に向けた。

「いいや、わかっちゃいない。それでおまえたちに心あたりがないかと思ってな」

小一郎が二人の反応を窺うように、伝次郎も二人の表情に変化がないかと凝視していた。だが、千吉もお咲も気づくことはないようだった。

「ひょっとすると、女は美代という名かもしれねえ。吉兵衛は死に際にその名を口にしている」

千吉とお咲は顔を見合わせただけだった。

「大江正之助という名に心あたりはないか……」

やはり、二人には心あたりがないようだった。

「それじゃ、吉兵衛がよく行っていた店を教えてくれないか。知っているだけでも、教えてくれると助かるんだが……」

千吉はその問いに、いくつかの小料理屋の名をあげた。いずれも尾上町の成田屋に近い場所にあるという。

「他に若い女がいそうな店はないだろうか？」

「おとっつぁんは、あまり飲み歩く人じゃありませんでしたから他には……」

「あそこじゃ……」

千吉を遮ってお咲が口を挟んだ。

伝次郎と小一郎は同時にお咲を見た。

「いつだったかわたしが実家に帰ったとき、おとっつぁんといっしょに店を出たことがあったんです。わたしはいつもなら大橋を使って、尾張町の家に帰るんです。でも、そのときはおとっつぁんに付き合う恰好で新大橋をわたって尾張町に帰ったんですが、おとっつぁんとは安宅《あたけ》で別れたんです」

それは、御船蔵《おふねぐら》前にある水神様《すいじんさま》の前だった。

「それじゃ気をつけて帰りな。わたしゃ、すぐそこに用事があるんでね」

吉兵衛はにこやかにいって、お咲を見送るように立っていた。

「今度はきゑを連れてくるわ」

お咲が子供の名を口にして手を振ると、

「そうしてくれ、楽しみにしているよ」

と、吉兵衛は手を振り返してくれた。

そのままお咲は新大橋に足を向けたのだが、しばらく行って振り返ると、一軒の店の暖簾をくぐる吉兵衛の姿が見えた。

「あのときはなにも気にしなかったんですが……まさか、あの店で……」

お咲は話し終えたあとで、それが三月ほど前だったと、断言するようにいった。

「店の名はわかるか？」

聞いたのは伝次郎だった。

「いいえ。でも、料理屋だったと思います。水神様の一軒か二軒隣にある店だったはずです」

「そのとき、店を大きくするとか、角兵衛という京屋の番頭の話は出なかったのか？」

「いいえ、そんなことはちっとも……」

お咲は涙の膜の張った目を大きく見ひらいていった。

「尾州屋に金を借りに来たのはそのあとのことだな」

「そうです」

伝次郎はもう聞くことはないという顔で小一郎を見た。

「それじゃおとっつぁんを引き取ってくれ」

小一郎にいわれた千吉は表に出て、戸板に筵がけされて仏になっている吉兵衛のそばに立った。お咲はまたそこで涙を流した。

「それにしてもひどく痩せちまって……なにも食っていなかったのかな……」

千吉がちらりと筵をめくっていった。

瞬間、伝次郎はぴくりと片眉を動かして、表に出た。

「吉兵衛はもっと太っていたのか？」

「へえ、ひとまわりは小さくなっています」

千吉はそういって、がっくりと肩を落とした。

雇った人足たちが吉兵衛の死体をのせた戸板を持ちあげると、千吉とお咲は伝次郎と小一郎に小さく頭を下げて去って行った。

（ひとまわり小さくなっていた）

伝次郎は千吉たちを見送りながら、胸の内でつぶやいた。吉兵衛は十分な食べ物を与えられていなかった。そう考えるべきだろう。

だからといって、探索の手掛かりになるわけではないが、下手人たちのひどい仕打ちに、いいようのない怒りを覚えずにはいられなかった。

四

伝次郎と小一郎は、お咲が口にした安宅の料理屋に向かいながら、下手人たちのことをあれこれ推量した。

「おまえさんが見たという女連れの連中だが、もし、そいつらが下手人なら、悪党は四人ということになるな」

小一郎は舟の真ん中に座って独り言のようにいう。

伝次郎は棹を操りながら、反対側からやってくる舟に進路を譲ってやった。

「そやつらは深川や本所の土地にあかるいはずです。横山数馬殿の屋敷を使ったというのも、土地のことをよく知っているからこそでしょう」

「たしかにそうだろう。……すると、昨日今日のよそ者《もん》じゃないってことだ。邦三も、深川か本所のどこかに閉じ込められているのかもしれねえな」

「もし、そうなら殺される前に救いださなければなりません」

「そうではあるが……」

小一郎は爪を噛んで、周囲の河岸道に目を注いで、言葉をついだ。

「安宅の店でなにかわかりゃいいんだが……」

「そう願いたいもんです」

伝次郎は応じながら、舟を竪川の西のほうへ進める。

「松井町の番屋に寄っていこう。丈助と成吉がなにかつかんでいるかもしれねえ。番屋から安宅へは歩いていけばいいだろう」

「そうしましょう」

松井町の自身番から安宅へはさほどの距離ではない。

その日の伝次郎は、普段の股引に腹掛け半纏というなりではなかった。着物を尻《しり》端折《はしょ》りして、船頭半纏を着込んでいるだけだ。足許には愛刀を隠し置いていた。陸《おか》にあがったときには、腰に差すようにしている。

「しかし、なぜ、悪党らは成田屋に目をつけたんでしょう？　たまたまそうしたのか、以前から目をつけていたのか……」

「それもわからねえことだ」

小一郎は嚙みちぎった爪の欠片《かけら》を、ぷっと吹き飛ばした。

空には雲が多く、天気は晴れたり曇ったりを繰り返していた。冷たい風も気紛れに、強くなったり弱くなったりしている。

小一郎が連絡場《つなぎ》に使っている松井町の自身番に寄ったが、成吉と丈助はまだ来ていなかった。吉兵衛の行きつけの店や、女関係を探っているのだ。

お咲のいった安宅の店は、「うつろ庵」という名の小料理屋だった。暖簾はあがっていないが、腰高障子にはそう書かれていた。

「うつろってェのはどういう意味だ？」

小一郎が巻き羽織をなおしながら聞く。

「さあ、空っぽというんじゃ店の名にふさわしくないんで、一門とか一族ってことでしょうか……」

「それも店の名にふさわしくねえな」

小一郎はそういって、表戸に手をかけたが動かない。声をかけても返事はなかった。

隣の商家に聞くと、店の主は昼過ぎでないとやってこないということがわかった。

だが、住まいはすぐ裏手の長屋らしい。

伝次郎と小一郎はそっちにまわった。安宅の通りから一本奥に入った二階建ての長屋に、「うつろ庵」の店主夫婦は住んでいた。

小一郎が用件を切りだすと、

「へえ、覚えておりますよ。成田屋さんがしばらく懇意にしてくださいましてね」

と、店主の茂兵衛《しげべえ》は下駄面の無精ひげをこする。

「若い女がいたか？」

「いました」

店主はあっさり答える。伝次郎はぴくっと眉を動かした。

「おかるという娘でしてね。従姉妹《いとこ》の姉という人が連れてきて、半月でも一月でもいいから雇ってくれというんです。飯を食わせてくれれば、給金はいらないともいいます。なんでも短い旅に出るんで、その間ひとりにしておくのが心配だからといっておりました。それじゃまァ、手伝ってもらおうってことになったんです。しかし、半月もいませんでしたが……」

「おかるはいくつぐらいだった？」

「十五、六だったと思います。若いわりにはさばけた娘で、客あしらいもよくて、あのときは店も助かりました」

「従姉妹の姉というのはいくつぐらいだった？」

「三十路にはなっていなかったと思います。どこかのご新造《しんぞ》風情《ふぜい》で、いい女でしたよ。六間堀町に越してきたばかりで、たまたまうちの店を知ってここなら安心できると思って、おかるを預けたらしいんです」

「それで、成田屋とおかるはどんな按配《あんばい》だった？」

小一郎が身を乗りだすようにして聞くと、茂兵衛はいったいどういうことだと問い返してくる。小一郎はざっと事件のあらましを話して聞かせた。

「そんな怖いことが……」

茂兵衛はぶるっと肩を揺すって言葉を足した。

「成田屋さんはときどきおかるを送ってお帰りでした。夜道は危ないからと……おかるも喜んでいるふうでしたが、おかるが店に来なくなると成田屋さんもぱたりと見えなくなりましてねえ」

（それだ）

伝次郎は胸の内で強くつぶやいて、茂兵衛に問うた。

「おかるを連れてきた女だが、顔に痣はなかったか？」

「痣……さあ、どうだったでしょう。会ったのは一度だけで、あのときは頭巾を被っていましたからね」

伝次郎は内心で落胆したが、

「その女は六間堀町に越してきたといったんだな。家はどこかわかるか？」

と、聞いた。

「いえ、家のことは聞いておりませんでした。たしか、あの女は美代と名乗ったような……おい、うちにおかるを連れてきた女だが、お美代といったよな」

茂兵衛は身を乗りだして台所で茶を淹れていた女房に訊ねた。

「ああ、そうだよ。そういっていたね。なにをしていたのかわからないけど、色っぽい人だったねえ」

伝次郎は小一郎を見て強くうなずいた。

ようやく、成田屋吉兵衛を誑《たぶら》かしてひどい目にあわせた女のことがわかったのだ。

「広瀬さん、六間堀町の長屋をあたりましょう」

「いわれるまでもなく」

さっと、小一郎が差料《さしりよう》を引きよせて応じた。

五

伝次郎と小一郎は、六間堀町の長屋をしらみ潰しにあたったが、美代という女が借りている長屋はなかった。だが、おかるという娘の名を出すと、長兵衛店《ちようべえだな》にそんな女がいたという。

「三月か四月ほど前でしたよ。半月も居つかないでどっかに消えちまいましてね」

話すのは長兵衛店に住む、遊び人風の髪結いだった。名を金三郎《きんざぶろう》といった。

「お美代という女がいなかったか？」

伝次郎は金三郎をまじまじと見つめる。

「お美代……さあ、おかるが住んでいたのは、大江という浪人の家ですよ。その人もわけのわからない人で、ほとんど家には寄りつきませんでした。目つきの悪い男で、いやなやつが越してきたと思っていたんですが……」

大江、という名を聞いて、伝次郎はピクッとこめかみを動かした。成田屋吉兵衛が死に際に口にした男の名だ。

「それは大江正之助といわなかったか？」

「そんな名だったと思います。大家に聞きゃわかりますよ。しかし、あのおかるって女は食わせもんですよ。見た目は若く見えますが、ほんとのところはもっといってますね。あっしは商売柄よくわかります。ありゃ、見た目よりは四つ五つ年食っているはずです。それに、何度か男を引っ張り込んでもいました」

「その男というのは若かったか？」

いいえと、金三郎は首を振る。

「どっかの商家の主《あるじ》風情でしたよ。人のよさそうな年寄りです」

成田屋吉兵衛にちがいない。さらに、金三郎は気になることを口にした。

「旦那、なんの調べかわかりませんが、あっしはついこないだおかるを見かけましたよ。東両国の水茶屋《みずぢゃや》ではたらいてんです。水茶屋といってもあの店は客を引っ張って、裏でいいことしてる店ですがね」

へへへと、金三郎はにやけた顔をゆるませて笑った。

「その水茶屋はなんという店だ？」

「そりゃわかりませんが、矢場《やば》のすぐ隣です。大方矢場とつるんで商売してんでしょう」

金三郎の証言は重要だった。

礼をいった伝次郎は、他の長屋をあたっている小一郎を探すために表通りに走りでた。右を見ても左を見ても小一郎の姿はない。それからゆっくり歩きながら、長屋の木戸口を順繰りに見てまわった。

これまでの話を総括すると、大江正之助が家を借り、美代という女と組んでおかるをうまく丸め込み、成田屋吉兵衛を誑かした。ようするにおかるは美人局《つつもたせ》になったのだろう。そこへ大江正之助が出てきて、吉兵衛を脅して金を工面させた。

考えれば単純なことであるが、手の込んだ企みである。

四軒目の長屋の木戸口に向かったとき、小一郎が路地から出てきた。

「広瀬さん、おかるのことがわかりました」

「なに。話せ」

小一郎はすたすたと近づいてきて、親指の爪を嚙んだ。伝次郎は金三郎から聞いたことをざっと話し、自分の推量を付け加えた。

「ようやく尻尾が見えてきたな」

小一郎は目を厳しくしてつづけた。

「おれは長兵衛店の大家に会って、大江正之助の請人《うけにん》（保証人）のことを調べてくる。おぬしは松井町の番屋で待っていてくれるか。丈助と成吉もそろそろ戻っているはずだ」

「それじゃ先に番屋に行っています」

伝次郎は小一郎を見送ってから、松井町の自身番に向かった。

西にまわりこんだ日が傾きはじめている。いつしか風がやんでいたが、日陰を通ると、冷たい空気に肌が引き締められた。

松井町の自身番に行くと、丈助と成吉の顔があった。二人の話を聞いたが、吉兵衛の通っていた店に女の影はなかったというのが、結果だった。

伝次郎がさっき、金三郎から聞いた話をすると、丈助も成吉も気負い込んだ顔をして、早速おかるに会いに行こうという。

「待て待て。いま広瀬さんが戻ってくる。ここでことを急《せ》くとしくじるかもしれねえ。安直《あんちょく》に動かねえことだ」

伝次郎は二人を諭して、茶に口をつけた。

小一郎は間もなく戻ってきた。

「家を借りていたのはたしかに大江正之助という浪人だった。請人は明神《みょうじん》下の須《す》雲屋《くもや》銀兵衛《ぎんべえ》だ」

「須雲屋っていえば……」

成吉には心あたりがあるらしく、平べったい顔にある目を見ひらいた。

「そうさ。明神下の博徒一家だ」

そういう小一郎の言葉を聞いて、伝次郎もなんとなく思いだした。須雲屋銀兵衛は仏具屋を営んでいるが、店は女房と番頭まかせで、銀兵衛はそのじつ博徒の親分だった。大きな一家ではないが、明神下界隈ではちょっとした顔役だ。

考えがあるといって、小一郎はつづけた。

「銀兵衛はおれがあたる。成吉、ついてきな。伝次郎、おまえさんは丈助といっしょにおかるをあたってくれ。若い女らしいが、とんだ女狐《めぎつね》だろう。いまでも美代と大江正之助とつながっているかもしれねえから、聞き込みは慎重に頼む。終わったらここでまた落ち合おう」

「承知しました」

みんなはいっしょに自身番を出て、両国東広小路まで行き、そこで伝次郎と小一郎は別れた。広小路には夕暮れのにぎわいがあった。毎朝、市《いち》の立つ場所では大道芸人たちが通りかかる客を呼び止めて、商売に熱心になっていた。

西両国とちがいこちらの広小路には、芝居小屋はないが、眉唾物《まゆつばもの》の見世物小屋が繁盛している。茶屋は広小路のほうぼうにあるが、金三郎のいった矢場の隣という茶屋はすぐに見つかった。

手ぬぐいを姉さん被りにした女たちが、客をもてなしているが、いずれの女も科《しな》を作り、客に媚《こ》びた目を向けている。葦簀《よしず》掛けだが店の奥は、出入りの出来る板戸がつけられている。板戸の向こうはちょっとした畳部屋になっているのだ。

「丈助、おまえは別の床几で待っていろ。話はおれが聞く」

伝次郎は先に店に入った。寒いので客の誰もが火鉢や手焙りにあたって茶を飲んだり、酒を飲んだりしていた。

「いらっしゃいまし、なんにしますか？」

飛んできた女は年増だったが、意味深長《いみしんちょう》な目を向けてくる。

「茶でいいが、おかるって女はいるか？」

女の顔に落胆の色が刷かれた。

「ちょいと会いたいんだ。呼んでくれねえか」

伝次郎が小粒（一分銀《ぶぎん》）をにぎらせると、女はしぶしぶ折れて下がった。しかし、おかるはすぐにはやってこなかった。茶を運んできたさっきの女が、

「ちょいと取り込んでいますから、少し待ってくださいな」

という。

伝次郎は腰を据えて待つことにした。

表はようよう日が暮れてきた。やんでいた風がまた出てきて、葦簀をゆらし、店先に吊してある手ぬぐい暖簾が翻った。広小路を往き来する人たちも、心なしか背をまるめるようになった。

隣の矢場の太鼓が打ち鳴らされ、女たちの嬌声《きょうせい》があがった。

「お侍さん」

背後で若くて華やいだ声がした。

六

振り返った伝次郎のそばに、女が立っていた。

「おかるか……」

「どうしてわたしの名を？」

おかるはにこやかな顔で、伝次郎の隣に腰掛けると、なんの躊躇もなく膝に手を置いてさすった。

「おまえさんは売れっ子だって聞いたから、一度拝んでみてえと思ってな」

「あら、そんなこと誰が……でも、お侍さん、いい男っぷりね」

媚びた目に意味深長な色を浮かべ、唇を舌先でちろりと舐《な》め、ふふっと笑う。

大きな目に、ちょいと上を向いた鼻。ぽっちゃりした肉感的な唇。たしかに十五歳でもとおるだろうが、金三郎がいったようにおそらく四、五歳は上であろう。

「二人だけで話ができねえか……」

「あら、嬉しい。お侍さん、話がわかりやすくていいわ。それじゃどこにする？」

「どこでもいいが、おまえさんの好きなところでいい」

「それじゃちょいとお待ちを」

おかるは席を立つと、店の奥に消えた。

それを見送った伝次郎は丈助に、聞こえるか聞こえないかの声で、「おれたちのあとを尾けるんだ」と指図した。

それから間を置かずに、おかるが戻ってきた。姉さん被りにしていた手ぬぐいを取り、襷《たすき》と前垂れを外していた。

おかるが案内したのは垢離場《こりば》に近い船宿だった。二階の客座敷は、小部屋に仕切られていて、その一間に入った。船宿の者がおかるを見るなり、小さく顎を引いたので、すでに心得た商売をやっているようだ。

「一切《ひとき》り、それとも二切り……一切り一分、二切り二分。泊まりはだめよ」

小部屋に入るなり、おかるは商売の交渉に入った。

「世間話をするだけでいいさ。取っておきな」

伝次郎は気前よく二分をわたした。こういったことは同心時代に培《つちか》ったことである。相手の心は金でほぐれ、自ずと口が軽くなる。

「気前いいのね。そういう粋な人好きよ」

おかるは伝次郎の逞《たくま》しい腕にすがりつくようにして、頬をつける。豊かな胸のふくらみが腕にあたる。

「酌をしてくれるか……」

伝次郎はそっとおかるを離して、盃を持った。行灯のあかりが、おかるの若作りの顔を染めている。

おかるに酌をしてもらうと、伝次郎はとりとめのない話をした。天気のこと、師走の慌ただしさといったことだ。

おかるはいやがりもせずに相槌《あいづち》を打って話を合わせる。

「正月は家に帰るのかい？　おれはどこにも行くあてがなくてな……」

「わたしも帰らないわ。帰る家なんてないんだもの」

へえと、驚いた顔をして伝次郎はおかるを見つめる。

「……顔に似合わず苦労してるんだな。きょうだいもいないのか？」

「いないわ。物心ついたころからひとりだから……もう慣れちゃってるから、なんとも思わないけど、親のいる人はやっぱり羨ましい。ねえ、お侍さん、名はなんていうの？」

「おれか……吉兵衛だ」

そう答えると、おかるの目がわずかに見ひらかれた。伝次郎は知らぬふうを装って酒をなめる。

「わたしのこと誰に聞いたの……」

おかるは伝次郎の両膝に手を添えて顔を近づけてくる。

「ひょっとするとおまえも知っているとは思うが、大江という昔の仲間だ。やっとはよく遊んだよ。癖のある男だが、根は悪くない」

伝次郎は佃煮を口に放り込んだ。おかるとは目を合わせないようにして、ちらりと盗むように表情の変化を探る。

「吉兵衛さんがいうのは、大江正之助さんかしら……」

（かかった……）

伝次郎は少し間を置いてから応じた。

「やっぱり知っているのか？」

「あんまりよくは知らないわ。でも、どうして大江さんから……」

「この間、ばったり会ってな。立ち話で終わったが、おまえさんのことが出たんだ」

おかるは長い睫毛を動かして、大きな目をしぱしぱさせた。

「ほんと……」

「こんなこと嘘ついてどうする？」

おかるはふーんと真顔で、感心したような声を漏らした。

「大江さんはひとりだった？」

「……あのときはひとりだった。いい女ができたようなことを口にしていたが……」

美代の名が出やしないかというカマかけである。しかし、おかるはあきらかに用心深い目つきに変わっていた。

「まさか、その女のことを知ってるんじゃ……」

おかるは視線をそらした。

「そんなこと知らないわ。それに大江さんのことも、あまりよくわからないから……」

「さようか……」

「ねえ、吉兵衛さん、しなくていいの？」

おかるが身を寄せてくる。

「今夜はおまえさんの顔を拝めたので満足だ。だけど、つぎはよろしく頼むぜ」

「じゃあ、また来てくれるのね」

「ああ」

「じゃあ、げんまん」

おかるは指切りをせがんだ。伝次郎は応じた。それからまたどうでもよい話をして、小半刻ばかりのちに船宿を出た。

物陰に丈助がいたので、あとは頼んだという顔で目配せした。丈助が小さくうなずく。

広小路の中ほどでおかると別れた伝次郎は、そのまま松井町の自身番に戻った。

七

「戻っていたか。どうだった？」

番人の淹れた茶に口をつけたところで、小一郎が自身番に入ってきた。のっけから伝次郎の調べを聞きたがる。

「やはり、おかるは美代と大江正之助を知っているようです」

伝次郎は、船宿でおかると交わしたことを端的《たんてき》に話して、言葉を足した。

「丈助がおかるを見張っています。おかるが動けば、あとを尾けるはずです」

「それでいいだろう。おれのほうもあたりがあった。その前に熱い茶をくれねえか。ずいぶん冷えてきやがった」

小一郎は狭い部屋にあがり込んできて、伝次郎の前に座った。冷たくなった両手にふーっと息を吹きかけ、番人の淹れてくれた茶に口をつけた。

「美代って女は、須雲屋銀兵衛が囲っていた女だった。大江正之助は銀兵衛が雇っていた用心棒だ」

「それじゃ、銀兵衛は今回の件を……」

伝次郎はまじまじと小一郎を見た。だが、小一郎は首を振って、

「いや、銀兵衛は何の関わりもねえ」

といって、須雲屋銀兵衛とやり取りしたことを話した。


「こりゃ旦那。ご無沙汰をしておりやす」

小一郎の訪《おとな》いを受けた銀兵衛は、須雲屋の奥座敷で向かいあった。

大きな長火鉢を挟んでの対面だった。銀兵衛は細身の体に褞袍を引っかけ、長《なが》煙管《ぎせる》を手にしていた。柔和《にゅうわ》な顔つきだが、目だけは油断がない。

「おまえ、本所にある尾上町の成田屋という小間物屋を知っているか？」

小一郎の目は銀兵衛の目をとらえて離さない。しかし、銀兵衛は心あたりはないという顔つきで、

「その店でなにかありましたか？」

と、問い返す。

表情にも目にもさしたる変化はなく、取り繕《つくろ》う口ぶりでもなかった。成田屋の

ことはまったく知らないといっていいだろう。そう判断した小一郎は直截《ちょくせつ》に聞いた。

「それじゃ美代って女を知らねえか?」

今度は銀兵衛の両眉が動いた。

「まさかおれが囲っていた女じゃないでしょうね」

「右目の脇に痣がある。知ってるか……」

銀兵衛は肩を動かして、ため息をついた。

「それじゃ〝ささら波のお美代〟です。おれの女でしたよ。あの女狐がなにかやらかしましたか?」

「殺しの片棒を担いでいるひとりかもしれねえ」

「殺しですって……そりゃ穏やかじゃありませんね。いったいどういうわけで……」

銀兵衛はまっすぐに見てくる。誤魔化している目ではなかった。こういったことには、小一郎といわず、町方の同心は敏感である。

銀兵衛は一連の事件には関与していないようだ。そう思った小一郎は、八重の水死体があがったことから成田屋の一件をかいつまんで話し、調べるうちに美代と大江正之助という二人の名が浮かんできたことを打ちあけた。

「そりゃ旦那、大江の野郎が一枚嚙んでるんですよ」

黙って聞いていた銀兵衛は、そういって悔しそうに歯嚙みした。

「大江を知っているのか？」

「知ってるもなにも、あっしが用心棒に雇っていた浪人です。それが、お美代とくっついていたとは……なるほど、これであの女がおれから逃げていったのがわかりましたよ。くそッ、人をコケにしやがって……」

銀兵衛は長煙管を火鉢の縁に打ちつけた。

「こんなことはどうでもいいんですが、お美代は床の上でさざ波のような喜悦《きえつ》を漏らすんです。そりゃもう色っぽいもんですが、そんなことから〝さざら波のお美代〟って綽名《あだな》がついておりましてね。なにせ男好きのする女だし、お美代も浮気性ですから目を離せなかったんですが、大江正之助とくっついていたとは、まったく舐めたことを……」

銀兵衛はよほど悔しいのか、しばらく美代と大江正之助を恨むように罵《ののし》りつづけた。

「二人がぐるになっているのはたしかだろうが、どこにいるか居場所に心あたりはねえか」

小一郎はしきりに悔しがっている銀兵衛を静かに見つめた。

「知るわけありませんよ。お美代は夜逃げするみてえにいなくなったんです。大江の野郎もあとを追うようにおれから離れちまいましてね。まさか、あの二人がくっついていたなんて夢にも思いませんでしたが、そういうことだったとは……」

「それじゃどこにいるか、わからねえというわけか」

「知ったことじゃありませんからね」

小一郎は美代と大江正之助の特徴をことこまかに訊ねた。銀兵衛は協力的で、話だけじゃわからないといって、自分で似面絵を描いてもくれた。柄に似合わず、絵を描くのが趣味だというのだ。

「これが二人の人相書だ」

小一郎は銀兵衛から聞き取った人相書と、銀兵衛が描いた似面絵を見せた。

「大江正之助は二十七と若いが、剣の腕のほうはたしからしい。一筋縄《ひとすじなわ》じゃいかないから気をつけろと、銀兵衛の忠告だ」

「しかし、二人の居場所が……」

成吉がむずかしい顔で腕組みをした。

「おかるは、美代と大江正之助の居所を知っている節がある。おかるには船宿で粉《こな》をかけてきたので、早ければ今夜のうちにも動くはずだ」

伝次郎はそう願っていた。

「丈助ひとりで大丈夫ですかね」

「尾けるだけだ。へたなことはしないだろう」

伝次郎はそう応じてから大江正之助の似面絵を見た。面立《おもだ》ちの整ったやさ男だ。美代の顔はこれまで聞き込んだ話から想像していたが、絵を見れば、なるほど美人だというのがわかる。

「それにしても腹が減った。丈助の帰りを待つ間に、飯でも食っておくか」

小一郎がのんびりしたことをいって、近くにうまい飯屋があるという。表はいつの間にか暮れており、すでに六つ（午後六時）を過ぎていた。

すきま風の吹き込む、腰高障子がカタカタと揺れていた。風が強くなっているようだ。

「それじゃ先に飯にしましょうか」

伝次郎が小一郎に応じたとき、腰高障子ががらりと開き、寒風といっしょに丈助が飛び込むようにはいってきた。

第五章　雪あかり

一

「どうした。なにかわかったか？」

伝次郎は期待する目を向けた。

「いえ、それが途中で見失っちまいまして……」

丈助は首をうなだれて、すみませんと頭を下げた。

「気づかれたのか？」

「うまく尾けたつもりなんですが、途中で路地から出てきた子供とぶつかりまして、そのときにひょっとすると……」

丈助は糸のような目をさらに細くして、申しわけなさそうに頭をかく。

「見失ったのはどのあたりだ？」

小一郎が丈助に体ごと顔を向けた。

「仙台堀をわたった今川町《いまがわちょう》です。あの辺はごみごみと家が建て込んでいるんで、ひょっとすると、あのあたりの家に消えたのが見えなかっただけかもしれませんが……」

「おかるは店に戻って、どのくらいで店を出た？」

伝次郎はそれが肝腎《かんじん》だと思った。

「すぐです。あんまり早いんで、こっちが慌てたぐらいです。頭巾を被って出てきましてね。それから大川沿いの道をまっすぐ深川のほうに向かいまして、おれは離れて尾けましたし、もう暗いんでおれの顔を覚えていたとしても感づかれるはずはなかったんですが、子供が横合いから飛びだしてきやがって……」

「それはしかたねえことだ。それより、広瀬さん」

伝次郎は小一郎を見た。

「おれと別れたおかるが店に戻ってすぐ出て行ったのは、やはり美代と大江正之助の居所を知っているからじゃないでしょうか。そう考えてもおかしくはないはずです。おれはわざと、おかるに自分の名は吉兵衛だといってやりました。そのとき、おかるの顔色が明らかに変わりました。美代と大江正之助の名を出したときも、おかるは内心で動揺していたように見えました」

「美代と大江正之助らは、今川町界隈にひそんでいるかもしれねえってことか……」

小一郎は無精ひげの生えた頬をこすった。

「はっきりそうだとはいえないでしょうが、探りは入れるべきでしょう」

「よし、明日は今川町を中心に聞き込みをやろう」

「広瀬さん、おれは明日おかるの水茶屋にもう一度行ってみます。おかるの住まいが今川町なら、単なる取り越し苦労になるかもしれませんから……」

「そうしてくれ」

自身番を出ると、小一郎が飯を食っていくかと誘ったが、伝次郎は今夜は遠慮するといって自分の舟に乗り込んだ。千草の店で熱い燗酒を飲みたいと思っていた。

舫をほどき、棹で岸壁を押す。

舟はすうっと、暗い川面を滑る。風が冷たく、川面にはさざ波が立っていた。満天はきらめく星で埋められていた。

伝次郎は波と風の強い大川を嫌い、舟を反転させると、六間堀川に乗り入れた。河岸道のところどころに見える軒行灯や看板行灯のあかりが、ほっと心を和《なご》ませてくれる。同時に、早く体をあたためる火鉢の前に腰を据えて、くつろぎたいと思う。

ここしばらく船頭仕事はお預けで、広瀬小一郎の助《すけ》をしているが、なぜか充実感があった。

(やはり、同心の血は消えていないんだな)

と、苦笑する。

以前、上役だった酒井彦九郎《ひこくろう》に、船頭をやめて助ばたらきをしてくれないかと誘われたことがあった。あのときは、あっさり断ったが、津久間戒蔵を討ったあとならそうしてもよいかもしれないと思う。

しかし、いつ津久間を討てるか、そのメドはさっぱり立っていない。やはり待つだけではだめかもしれない。

(年が明けたら、こっちから足取りを追ってみようか……)

舟を流れにまかせて、遠くの闇を見た。

しかし、追うにしてもその手掛かりさえない。それが大きな悩みの種で、一番の問題だった。だからといって、このまま待つだけでは埒《らち》が明かない。

（どうにかしなければならぬが……）

胸の内でつぶやいたとき、誰かの視線を感じた。河岸道に注意深い視線をめぐらせたが、とくにあやしい人影はなかった。

（気のせいか……）

伝次郎は棹を川底に突き立てた。

ぐいっと押すと、舟はその勢いで前に滑るように進む。北之橋《きたのはし》、中之橋《なかのはし》とくぐり抜ける。猿子橋のそばにある火の見櫓が、黒い影になっていた。

そのとき、また人の視線を感じた。

（気のせいではない）

伝次郎は気を引き締めた。誰だと心中でつぶやき、相手に悟られないように河岸道に探る目を向ける。

右側は御籾蔵の河岸道だ。左は南六間堀町の河岸道。そちらに人の姿があったが、飲み屋から出てきた酔客だとわかる。

しかし、表戸を閉じている商家の暗がりに、人の影があった。それも二つ。

伝次郎は足許に置いている愛刀・井上真改を見た。舟を出すときにつけた舟提《ふなぢよう》灯《ちん》のあかりに、愛刀が浮かんでいる。

やがて猿子橋が近づいてきた。橋の上に人影はない。やはり、左側の河岸道である。

（何者……）

真っ先に津久間戒蔵の顔が浮かんだが、おそらくそれはありえない。すると誰だと、頭をはたらかせる。

もしや、おかるを尾けた丈助が、逆に尾行されたのでは……。もし、おかるが今夕のことを仲間に知らせたとしたら、十分考えられることだ。

伝次郎は心の緊張をゆるめずに猿子橋をくぐった。そこから先の両側は小名木川まで、大名屋敷の閑散とした河岸道だ。しばらくいって、あたりを見まわしたが、人の気配は消えていた。

伝次郎は細川橋をくぐって小名木川に出ると、そのまま芝翫河岸に舟をつけた。

町屋のあかりが、油を流したような小名木川の川面に帯を作っている。

雁木をあがるときに、また、人の気配があった。伝次郎は自宅には足を向けず、高橋をわたり対岸の町屋にはいると、路地の物陰に身をひそめた。

高橋をわたってくる者はいない。

しばらく待った。

犬の遠吠えがどこかでしている。近くの小料理屋から、楽しそうな笑い声。裏の長屋から赤子の泣き声。伝次郎は高橋に目を注ぎつづけた。肩を組んだ二人組の職人が千鳥足でわたってきた。

(今夜は千草の店に行くのはやめだ)

悔しいがそうするしかない。

伝次郎は暗がりで刀を抱くようにしてうずくまっていたが、その後異変は起きなかった。

二

「昨夜はどうなさったの？」

三和土《たたき》にはいってくるなり、千草は不服そうな顔を向けてきた。腰高障子に朝日があたっている。

「昨日は仕事がいつになくきつくてな。帰ってきたはいいが、寒さも手伝って億劫《おっくう》になっちまった。ちゃんと洗っておいたから……」

伝次郎はその朝洗った弁当箱を千草に返した。これは檜の薄皮で作られた箱で、「面桶《めんつう》」と呼んだりもした。

「わたし、遅くまで店を閉めなかったんですから」

そういわれると、店に行かなかったのが悪いみたいだ。伝次郎はすまないと謝って、茶を淹れようといったが、

「これから買い出しに行きますからいいわ。はい、今日のよ」

と、作りたての弁当をわたしてくる。

「いつもすまない」

「いいの、そうすると決めたんだから、途中でやめるのも癪《しゃく》ですしね。でも、伝次郎さんの元気そうな顔を見て安心したわ。ひょっとすると風邪でも引いて寝込んでいるんじゃないかと、余計な気をまわしてしまったから……」

千草はひょいと首をすくめる。他の客には決して見せない仕草だ。

「今夜は行けるようにする。それにしてもおまえさんも朝から大変だな。弁当作りに買い出しとは……」

「商売ですよ。楽な商売なんてありませんでしょ」

ふっと千草は笑みを見せて、家を出ていった。

伝次郎はわたされた弁当箱に手をあてた。まだぬくもりがあった。それは千草の心のぬくもりでもある。

「ありがたいことだ」

伝次郎はつぶやいてから、弁当箱を押しいただいた。

長屋を出たのは、それから半刻ほどたってからのことだった。すでに日は昇っていたが、道は解けた霜柱でぬかるんでいた。

芝翫河岸に向かいながら、もしや舟がと、昨夜のことを思いだして、少し心配になったが、自分の舟はちゃんといつもの場所にあった。とくに変わった様子もない。

「伝次郎、遅いじゃねえか」

突然、川政の船頭・仁三郎《にさぶろう》が声をかけてきた。舟を大川のほうに向けている。

「たまにはゆっくりだ」

「おめえはひとりだから気が楽でいいよ。今日も寒くなりそうだな」

仁三郎は晴れた空をあおいでから、それじゃ行ってくるよといって通りすぎていった。

伝次郎は昨日と同じく、小袖の着流しに船頭半纏というなりだ。松井町の自身番についたら、半纏を脱いで探索にあたるつもりである。

おかるの勤める水茶屋・川湊《かわみなと》を訪ねたのは、五つ（午前八時）過ぎだった。東両国の広小路には朝市が立っており、近郷の百姓らが採れ立ての野菜や穀類を売っていた。昼過ぎになると、その場所は大道芸人たちの商売地となる。

川湊の隣の矢場は静かだった。おかるはまだ店には出ていなかった。

「いつも遅いのかい？」

「昼前には来ますよ。昨日もお侍さんは、おかるを……」

給仕に来た女は、にやりと笑った。朝の早いうちだから、妙な色気は使わず、冷やかすような笑みを浮かべた。店の奥に客を引き込むちょいいんの間《ま》があると、このときはっきりわかった。

「おかるがどこに住んでいるか知っているか？」

「そんなことは教えられませんよ」

もっともなことだ。

「深川今川町界隈ではないだろうな。似た女を見たことがあるんだ」

カマかけだった。昨夜、丈助は今川町でおかるを見失っている。

「そんな遠くじゃありませんよ」

やはり、おかるは美代か大江正之助に会いに行ったと考えていいだろう。伝次郎はまたあとでくるといって、松井町の自身番に戻った。

「広瀬の旦那たちが、たったいま出て行かれたばかりです。これを伝次郎さんにわたしてくれとのことでした」

書役が美代と大江正之助の人相書をわたしてくれた。似面絵つきだが、これは須雲屋銀兵衛が描いた絵をもとに、新たに他の絵師が描いたのだとわかった。

伝次郎は小一郎の手まわしのよさに、内心で感心した。

その人相書を懐にしまうと、伝次郎は尾上町の成田屋を訪ねた。主を失い、その女房もいない店は、表戸を閉めてあった。隣のものに聞くと、店には誰もいないということだった。伝次郎は唯一の奉公人である和助の長屋を訪ねた。

和助は伝次郎の訪問に、団栗眼《どんぐりまなこ》をさらに大きくして、

「またなにかあったんでしょうか……」

と、心細い顔をした。

「そうじゃない、これを見てくれ」

伝次郎は美代の人相書を見せた。

「おまえが一度見たという女に似ていないか。主の吉兵衛に休みを出されるときに、いっしょにいた女だ」

和助は穴が開くのではないかと思うほど、真剣な目で人相書を見ていたが、

「似てるような気もしますが、わたしにはよくわかりません」

と、自信なさそうに首をかしげる。

「……こっちの男はどうだ？」

大江正之助の人相書だった。和助はあっさり知らない人だと答えた。

「店はどうなるんだ？」

「葬式のときに、千吉さんがあとを継ぐような話をしておられました。千吉さんは品川のお店に養子に行っていますが、まだ手代なので無理を聞いてもらえるらしいのです」

「そうか……。すると、店はまた開くんだな」

「と、思います。わたしは知らせを待っているだけです。それにしてもいったいどうなっているんですか？」

和助は団栗眼をしばたたく。

「それはおれにもまだよくわからないことだ。だが、悪党は決して逃《のが》しはしない。なにか気づいたことがあったら、松井町の番屋に届けてくれるか。広瀬という同心の旦那がこの一件を調べている」

和助と別れると、適当に時間をつぶしてもう一度川湊に行ったが、

「それがまだ来ないんですよ。いつもならこの時分には店にいるはずなんですが

「……」

と、その朝会った女中がいう。

いやな胸騒ぎを覚えた伝次郎は、成田屋で起きたことを口にし、自分は町方の手先で、その一件を調べているのだと打ちあけ、おかるの住まいを教えてくれと頼んだ。

女中は躊躇《ためら》いはしたが、すぐに小泉町の長屋を口にした。回向院の北にある長屋で、店からすぐの町屋だった。

しかし、おかるは長屋にいなかった。同じ長屋の住人に聞いても、今朝は姿を見ないし、昨夜は帰ってこなかったのではないかという。

結局収穫なしで松井町の自身番に戻ったが、その日は小一郎たちの聞き込みも空回りしただけだった。

「あきらめることはねえ。こっちには人相書もあるんだ。遅かれ早かれ尻尾はつかめるはずだ」

そういう小一郎の顔には疲れがにじんでいた。明日も同じ聞き込みをつづけるといって解散となったのは、表が薄闇におおわれたころだった。

伝次郎も徒労《とろう》感を募らせて家路についた。芝翫河岸に舟をつけたときには、日はとっぷりと暮れ、空は黒い雲に蓋をされていた。

風が強くなっており、飲み屋の暖簾がはためけば、天水桶《てんすいおけ》に積まれた手桶が落ち、乾いた道を音を立てて転がった。

昨夜とはちがい星も月もない暗い夜になった。伝次郎は寒風を避けるために、船頭半纏を羽織り、肩をすぼめて長屋に向かったが、途中で強い殺気を感じた。

それは長屋に通じる裏通りだった。右は町屋だが、左は井上河内守《かわちのかみ》中屋敷《なかやしき》の裏塀である。殺気を感じたとき、強い風が吹き抜けていったと思ったら、面前に黒い影がいきなり膨《ふく》れあがるようにあらわれた。

夜目《よめ》にも光る白刃《はくじん》が閃いた。伝次郎はとっさに腰を屈め、右足を大きく踏み込みながら腰の刀を鞘走《さやばし》らせた。

黒い影は間合い三間《げん》の距離を置いて振り返っていたが、すぐさま地を蹴って襲いかかってきた。伝次郎は横に飛んでかわすと、すばやく船頭半纏を脱ぎ、つづけざまに撃ち込んでくる相手めがけて投げつけた。

敵は刺《さ》し子《こ》の船頭半纏をばさりと、たたいただけだった。刹那、伝次郎は敵の左へ飛びながら、袈裟懸《けさが》けに刀を振りおろした。

すっと、相手の肩のあたりを斬った感触があった。案《あん》の定《じょう》、相手は肩を押さえて、大きく後ろに下がった。逃がしてはならぬと思い、伝次郎はすぐさま追いかけようとしたが、肩口に鋭い痛みが走った。

はっと、一方を見るともうひとり別の敵がいたのだった。その敵はつづけざまに小石を投げつけてくる。闇の中でよけるのは至難《しなん》の業《わざ》であるが、伝次郎はかろうじてかわしながら、商家の軒下に置いてある大八車《だいはちぐるま》の陰に隠れた。

だが、相手は追撃してこずに、タッタッタッタと軽やかな足音をさせて遠ざかっていった。伝次郎はすぐにあとを追ったが、すでに相手との距離がありすぎた。ただその場に立ち止まり、高橋をわたっていく二つの黒い影を見送るしかなかった。

三

凍《い》てつくような寒い朝だった。

伝次郎は身を縮こませて井戸端で水を使うと、急ぎ家に戻り、湯をわかすために竈に火をつけた。ぽっと熾《お》き火《び》に炎《ほむら》が立つと、まるめた両手に白い息を吹きかけてこすりあわせた。

戸がたたかれたのはそのときだった。一瞬、千草かと思ったが、腰高障子に映る影は男だった。

「伝次郎さん、起きてますか？」

丈助の声だ。

「開いてる。入れ」

声を返すとすぐに戸が開かれ、丈助が細い目を見ひらいて、

「水茶屋のおかるが死にました」

といった。

「なに……」

伝次郎は片眉を動かして立ちあがった。

「さっき、知らせを受けたんです。仙台堀に女の死体が浮かんでいるというんで、番屋の者と見に行ったら、おかるだったたんです」

「仙台堀に……」

「海辺橋のすぐそばです。広瀬の旦那には使いを走らせていますんで、おっつけやってくるはずです」

「行ってみよう」

伝次郎は簡単に身繕《みづくろ》いすると、愛刀を手に持って丈助のあとにしたがった。まだ、朝は早い。東の空にようやく日が昇りはじめたころだった。

おかるの死体が見つかった仙台堀は、朝霧を立ち上らせていた。その霧を朝日が浮かびあがらせている。

おかるの死体は、深川万年町の自身番の裏に安置されていた。伝次郎は筵をめくって死体を拝んだ。おかるにまちがいなかった。

体に傷がないか見たが、打擲《ちょうちゃく》の痕はなかった。その代わり、首に絞められた指痕がくっきりついていた。

「首を絞められたあとで川に落とされたってことか……」

しゃがんだまま死体を見る伝次郎の横で、丈助が話す。

「見つけたのは納豆《なっとう》売りです。まだ暗いうちだったといいます。この番屋の店番はおれのことをよく知っているんで、真っ先に知らせてくれたんです。納豆売りは番屋の中に待たしています」

「会おう」

伝次郎が番屋にはいると、丈助が広瀬小一郎の助をしている伝次郎さんだと詰めている番人たちに紹介した。

おかるを見つけたのは、羊太郎《ようたろう》という若い納豆売りだった。

「そこの橋をわたっているときに、なんだか白いもんが浮かんでいるんで、立ち止まって見ると女の裸なんです。びっくりして腰を抜かしそうになりました。まだ暗かったんで幽霊じゃないかと思ったんですが、やっぱり女の裸だったんで……」

「裸って、なにも着てなかったのか？」

「いえ、帯がほどけ、着物が脱げていたんです」

「そのとき近くに誰か見なかったか？」

「野良猫が路地裏で鳴いてるぐらいで、人通りはありませんでした」

「見つけたのは何刻《なんどき》ごろだった？」

「小半刻ほど前でしょうか……」

すると、七つ半（午前五時）ごろだろう。

「海辺橋の下だったんだな」

「へえ、ちょうど仙台堀の真ん中あたりに、ぷかりと浮かんでおりまして……」

そのときのことを思いだしたのか、羊太郎はぶるっと体をふるわせた。

伝次郎はおかるの死体に筵をかけなおして、じっと宙の一点を凝視した。

一昨日おかるを尾けた丈助は、今川町でおかるを見失っている。そして、今朝おかるは海辺橋の下に浮かんでいた。

今川町は仙台堀に面している。そして海辺橋は、仙台堀に架かっている。下手人はこの近くでおかるを殺して、仙台堀に放り込んだのだろう。

しかし、なぜおかるは殺されなければならなかったのか？　その疑問は考えるまでもないことだろう。おかるは一昨日、伝次郎のことを不審に思い、美代と大江正之助に告げたのだ。

それに、伝次郎は一昨夜、不審な影を感じているし、昨夜は正体の知れない二人組に襲われている。おそらく昨夜の二人組は、美代と大江正之助の差し金と考えていい。それに、ひとりは大江正之助本人かもしれない。

（いずれにしろ目に見えぬ敵は、おれを始末しようとしている）

伝次郎が真一文字《まいちもんじ》に口を引き締めたときに、広瀬小一郎と成吉がやってきた。

四

津久間戒蔵が麻布に足を運ぶのはこれで三度目になった。

もちろん、高山策之助を倒して、盗まれた金を取り戻すためである。最初は、策之助の家をたしかめ、さらに策之助を用心棒として雇っている熊石の貫五郎一家の屋敷をたしかめただけだった。

そのときに案内をしてくれた牛坂の惣助は、帰りに斬り捨てている。当然、町方の調べがはいっているはずだから、津久間は町方との関わりを避けるために、日を置いてから策之助の長屋を訪ねた。

しかし、留守であった。ならば、熊石の貫五郎一家にいるはずだと目星《めぼし》をつけて、そちらに足を向け、半日ほど見張ったが、じっと動かずに寒い茶店にいたのが悪かったのか、体が熱っぽくなり、おまけに咳が止まらなくなった。

こんな体では返り討ちにあうと思い、そのときはしぶしぶ引き返してしまった。

だが、今日は必ずやケリをつけなければならない。

冬の日は頼りなく雲間から射しているだけで、風の冷たさが身にしみていた。体の具合は決していいとはいえない。

痰のからまった咳は出るし、ときどき塵紙に血がついた。そのたびに津久間は大きく息を吸って吐きだした。

一昨日は熱が出て一日中横になって、お道の介抱《かいほう》を受けていた。そのとき、そばにいるお道のことを、これほどありがたい女だったかと思い知らされた。

「ふう……」

津久間は天現寺から青木坂《あおきざか》を抜けて、麻布本村町にはいったところで立ち止まった。額にじっとりと汗が浮かんでいた。体に微熱がある。熱のせいで目の縁《ふち》が赤くなっていた。

津久間は立ち止まったまま、息を整えた。動悸《どうき》が治まると、静かに歩きだした。一歩、また一歩と大地を踏みしめるようにして歩く。

(くそッ。こんな体に……)

自分の体を蝕《むしば》んでいる病魔を呪った。

死期が近づいている気がする。だが、まだ死にたくはなかった。もう少し生きていたい。できれば病を治したい。

甲斐甲斐しいお道の介抱を受けるうちに、生への執着が強くなっていた。

町屋にはいると一軒の一膳飯屋《いちぜんめしや》に立ち寄った。うす暗くてがらんとした店の中を見まわし、一も二もなく火鉢のそばに行って腰をおろした。あまり人目に顔を曝《さら》したくはなかったが、休息が必要だった。

店の太った女が来るとみそ汁を熱くしてくれと頼み、酒を一合《いちごう》注文した。太った女が、他にはいらないかと聞くので、肴《さかな》はまかせるといった。

火にあたりながらみそ汁をすすり込み、酒を舐めるように飲んだ。

体の芯があたたまってくると、気力が戻ってきた。昼前なので、店は空いていた。太った女と店の主が板場のそばで茶飲み話をして笑っている。

津久間はなるべく、その二人に顔を見せないようにしていた。ときどき咳が出る。咳を呑み込もうとしても、一度咳が出はじめると、しばらく治まらなかった。

酒を飲んだせいか、少し気分がよくなっていた。懐から薬をだし、店の女が置いていった茶で粉薬を飲んだ。

秋口に咳は沈静化し、体にも肉がついてきたのでこのまま治るのかもしれないと思ったが、師走の声を聞くなり体調が思わしくなくなった。以来、真面目に薬を飲むようになっている。

効能があるのかどうか知らないが、薬は気休めにはなった。半刻ほど火にあたり、体をぬくめてから店を出た。

ちらちらと粉雪が舞っていた。積もるほどの降りではないが、寒気が一段と厳しくなったようだ。津久間は肩をすぼめ、背をまるめて高山策之助の長屋にはいった。家の中にあかりもなければ、人の気配もしなかった。戸口を、コンコンとたたいた。なんの返答もない。路地に視線をめぐらす。寒いので、どの家の戸も閉まっており、人の気配はなかった。

津久間は戸に手をかけた。するすると横に開く。家の中はがらんとしていて、寒々しかった。敷居をまたぎ、土間にはいると後ろ手で戸を閉めた。

居間に置いてある丸火鉢に手をあてた。まだ、ぬくもりがある。竈も同じようにたしかめる。こちらにもぬくもりが残っており、灰の中に種火《たねび》が見えた。

高山策之助はさっきまでいたのだ。赤い種火を凝視して、家の中に視線をめぐらした。柳行李《やなぎごうり》に、枕屏風《まくらびようぶ》、小さな茶簞笥《ちやだんす》、火鉢のそばに煙草盆、衣紋掛《えもんかけ》に縕袍と唐桟《とうざん》の小袖《こそで》が掛けられている。

家の中はよく片づけられており、すっきりしている。女の匂いはない。高山策之助はまめな男のようだ。

（やつの帰りを待つか……）

上がり口の縁に腰かけて、津久間は考えた。

おそらく雇われている貫五郎一家に行っているのだろうが、ひょいと帰ってくるかもしれない。

（待とう）

昼過ぎまで待つことにした。その前に、津久間は金がないかと家の中を調べた。

まるで盗人だが、盗まれた金を取り返すのだから、遠慮はいらなかった。それでも物音を立てないように、畳をめくったり、茶簞笥の抽斗《ひきだし》の奥を見たりした。

金を見つけた。十両ほどだ。

それは、柳行李の一番下に隠されていた。津久間はにやりと笑い、懐にしまった。

（無用心なやつめ）

片頬に笑みを浮かべて、火鉢に火を入れてあたたまった。

津久間は、残りの金は高山策之助が持ち歩いているとにらんだ。

火にあたっているうちに、体がとろとろしてきて眠気に襲われた。

津久間はすっかり気をゆるめて、目を閉じた。

五

昼前にちらつきはじめた雪は、ときおりやんではまた降るを繰り返していた。雲の切れ間から日が射したりもするので、雪は積もることはないが、日当たりの悪い場所はうっすらと雪におおわれていた。

広瀬小一郎はおかるの死体が仙台堀に浮かんでいたことから、周辺の町屋に大捜索をかけていた。これは聞き込みであるが、あまりはかばかしくなかった。

一方、伝次郎は、おかる殺しと一連の殺しで疑いのある美代と大江正之助がつながっていたと判断し、おかるの近辺の洗いだしにかかっていた。

おかるは、美代と大江正之助と接点がなければならない。それを知っている者が必ずいるはずだ。

しかし、おかるの勤めていた水茶屋・川湊の茶汲み女や女主はなにも知らなかった。隣の矢場で聞き込みをしても、美代や大江正之助の名さえ浮かんでこないのである。

(それにしてもおかしい)

ひととおりの聞き込みを終えた伝次郎は、むずかしい顔でちらつく雪道を歩いた。肩にかかってくる雪を払い、一ツ目之橋をわたった。

雪のせいか大川はうっすらとかすんでおり、対岸にある大名屋敷がぼうっと浮かんで見えた。

松井町の自身番に入ったが、小一郎たちは戻っていなかった。無闇に動けば入れちがいになるかもしれないので、伝次郎は店番に淹れてもらった茶を飲んで、冷えた体をあたためた。

小一郎たちが自身番にやってきたのは、夕七つ(午後四時)の鐘《かね》を聞いてしばらくしてのことだった。

小一郎もそうだが、丈助も成吉も顔に徒労感をにじませていた。火鉢を挟んで伝

次郎と向かいあった小一郎は、むっつりした顔で、

「人相書が頼りになると思ったんだが、さっぱりだ。やつらは穴の中にでも隠れているのかもしれねえ。そんなことはねえはずだが……」

ぼやくようにつぶやいて、ずずっと音を立てて茶を飲んだ。

伝次郎は自分の調べを話し、

「こっちもなんの手応えもありません」

「何度も聞くが、おまえを襲った二人組だが、顔は見なかったんだな」

小一郎が一縷《いちる》の望みを託すような目を向けてくる。

「見ていれば、とうに話していますよ」

「そりゃそうだ」

小一郎は、ふっとため息をつく。

「しかし、あの賊はおかるに会ったあとであらわれました。丈助はおかるを尾けましたが、逆に丈助が尾け返されたのかもしれません」

上がり框に座っていた丈助が、自分の名が出てきたので、伝次郎と小一郎に無言のまま顔を向けた。

「それはおれも考えたことだ」

「だが、襲われたのはおれたちではなく、おまえさんだ」

「ひとりになったからでしょう。広瀬さんはあの晩、成吉と丈助を伴っていました。それに町方相手では無闇に手を出せないと思ったのかもしれません」

「……かもしれねえ」

「おかるのことですが、須雲屋銀兵衛に心あたりがあるんじゃないでしょうか」

その一言に、小一郎がぴくっと眉を動かして顔をあげた。

「おかるの勤めていた水茶屋と隣の矢場で、美代や大江正之助を見た者はいません。しかし、おかるはその二人とつながっていたはずです。成田屋吉兵衛をたらし込んだのはおかるだし、おかるを安宅のうつろ庵に連れて行ったのは美代です。そして、その美代が大江正之助といっしょにいるのは疑いようのないことです。成田屋吉兵衛は死に際に二人のことを口にしているのですから……」

「そうか……須雲屋銀兵衛か……」

小一郎は煙管を出したまま、遠くを見る目になった。それからなにかを思い立ったように、煙管を煙草入れに戻して立ちあがった。

「これから銀兵衛に会う。成吉、ついてこい」

そういって土間に下りた小一郎は、

「おれが帰ってくるまで、待っていてくれ」

と、伝次郎と丈助にいいつけた。

「伝次郎さんがねらわれたってことは、おれも広瀬の旦那もねらわれるかもしれないってことじゃないでしょうか……」

小一郎と成吉が出ていったあとで、丈助が不安そうな顔を向けてきた。

「ないとはいいきれない。今夜から注意することだ。とくにひとりになったときは……」

「脅かさないでくださいよ」

丈助は貧乏揺すりをした。それから、また言葉を足した。

「おれが賊に尾《つ》けられていたってことは、この番屋におれたちが集まるのもわかっているわけですね」

伝次郎は目を見ひらいて、戸口の腰高障子を見た。

賊は仙台堀周辺で聞き込みをしていた小一郎たちの動きを知っているはずだ。すると、こっそりあとを尾けてきたかもしれない。

（いかん）

伝次郎は差料を引きよせた。取り越し苦労かもしれないが、小一郎と成吉がねらわれているかもしれない。

「丈助、広瀬さんを追って須雲屋に行こう」

伝次郎は腰をあげると、丈助を連れて須雲屋に急いだ。自身番を出るときに、あたりに警戒の目を配ったが、不審な影はなかった。

二人は東両国の広小路を抜け、雪の舞い散る大橋を急ぎ足でわたった。すでに江戸は薄闇におおわれており、気の早い店は掛行灯や看板行灯に火を入れていた。

人波をかきわけるようにして先を急ぐ伝次郎の心には、小一郎と成吉のことのほかに、もうひとつ不安があった。それは、いまだ見つかっていない八重の父であり、お久の兄である邦三のことだった。

死体は見つかっていない。邦三だけでも無事でいてほしかった。賊が逃げたとしても、邦三が生きていれば事件の全容がわかるし、その後の追跡も可能になるはずだ。

伝次郎と丈助は、雪のちらつく西両国の広小路を駆けるように抜けて、柳原通《やなぎわら》りに入った。

六

津久間戒蔵は貫五郎一家からほどないところにある、一軒のそば屋にしけ込んでいた。格子窓の障子を開けると、貫五郎の小さな屋敷を窺うことができた。

屋敷の木戸門を出入りする男たちの姿が何度か見られたが、高山策之助は姿を見せなかった。それでも津久間は策之助が、貫五郎の屋敷にいるとにらんでいた。

あたたかいそばを食ったせいで、体は温《ぬく》もっていたし、うっかり策之助の家で居眠りをしたことで、体に力が戻っていた。いつしか微熱も感じなくなっていた。

すでに町屋には闇がおり、時刻は暮れ六つ（午後六時）に近いはずだった。

それからしばらくして、津久間の耳が六つの鐘を聞いた。そして、その鐘にあわせたように、高山策之助らしき男が貫五郎の家から出てきた。

連れはなくひとりである。津久間はきらっと凶暴《きようぼう》な目を光らせた。女中を呼んで勘定をすませると、目立たないように表に出た。

積もらないと思っていた雪は、通りを白くおおっていた。そば屋の行灯のあかりに浮かぶ道には、人の足跡が無数にあった。

津久間は羽織の紐《ひも》を結びなおし、提灯をさげてやってくる高山策之助らしき男を凝視する。面と向かって顔を見たことはないが、牛坂の惣助と真造という男といっしょに、自分の家から逃げるようにして去った男にちがいなかった。

男はまっすぐ家に帰るらしく、仙台坂を上りはじめた。左は伊達《だて》陸奥守《むつのかみ》下屋敷の長い土塀である。行商人らしき男と二度すれ違ったが、町屋から離れるにつれ、人も通らない閑散とした暗い坂道だけになった。

前を行く男の背中を凝視していた津久間は、一度背後を振り返った。

誰もいなかった。

(よし……)

下腹に力を入れると、一気に前を行く男との距離を詰めた。坂を上り切った先に辻番小屋があるから、このあたりで片をつけるべきだった。

「しばらく……」

声をかけると、前を歩いていた男が提灯をさげたまま振り返った。

「高山策之助だな」

「……誰だ？」

策之助は眉宇《びう》をひそめて、津久間をよく見ようとした。

「きさまは盗人だ」

「なに……」

と、いった策之助が目をみはった。

「その眉間の傷……きさまは……」

「ほう、おれのことがわかったか。きさまの仲間は地獄に堕《お》ちた。きさまはそのあとを追うことになる」

「なんだと……」

ふふっと、津久間は笑った。

すでに左手で鯉口《こいぐち》を切っており、総身《そうみ》に殺意をみなぎらせていた。

「懐の財布をいただきに来た。返してもらうぜ」

津久間はそういうが早いか、地を蹴っていた。鞘走らせた刀が、闇夜に閃き、足許の雪が蹴散らされて舞った。

策之助は向かってくる津久間に提灯を投げつけて抜刀すると、上段に振りあげた刀を袈裟懸けに振ってきた。津久間は紙一重でかわすと、すかさず身をひねりながら突きを送り込んだ。

しかし、蟷螂《かまきり》のように痩せて背の高い策之助は、上体を大きく反《そ》らしながらかわした。転瞬、胴を薙《な》ぐように刀を水平に振ってきた。

びゅっと、鋭い刃風が音を立てた。

津久間は大きく下がり、息を整える。肩が上下していた。

「伊達《だて》に博徒の用心棒をやっているわけじゃないようだな」

津久間は足を交叉《こうさ》させながら右にまわる。それを策之助の剣先が追いかけてくる。

地面に落ちた提灯が燃え尽きそうになっていた。消えれば、月あかりだけが頼りだ。

「きさま、いったい何者だ？　あんな家に隠れ住むような暮らしをしていながら、かなりの金を持っていた……」

「きさまのような盗人にそんなことをいわれる筋合いはない」

津久間は自分のことを棚にあげて言葉を返した。

「どうせ、よからぬ金であろう」

「ふふッ……金の出所《でどころ》が気になるか」

「…………」

策之助が隙を窺いながら間合いを詰めてくる。

「教えてやろう。きさまはどうせあの世に行く身。冥土《めいど》の土産にするがいい。そうさ、あの金はまともに稼いだ金じゃない。真面目にあくせくはたらいたやつらから、ありがたく頂戴したものだ」

「とんだ悪党だ」

「ほざけ。おれはきさまのようなこそ泥ではない」

津久間は先に仕掛けた。

突きを送り込んで、脛《すね》を払いにいったのだ。だが、策之助は突きをかわしながら、払い撃ちにきた津久間の刀を、上から押さえるように防御した。

瞬間、津久間は大きく後ろに飛びすさった。策之助も一間ほど下がった。両者そのままじりじりと横に動いていった。

燃えさかっていた提灯の火が、ぽっと消えた。

一瞬、二人はその場に立って、互いの出方を待った。目はすぐ闇に慣れ、足許の雪あかりを頼りに間合いを詰める。

策之助は上段に構えた。まるで蟷螂《かまきり》が威嚇《いかく》するような姿に見えた。

津久間はがら空きの胸に飛び込みたい衝動に駆られたが、それは相手の思う壺であろう。攻撃の手を控え、坂道を上るように動いた。策之助もあわせて動く。

すぐそばに春桃院《しゅんとういん》という寺があり、参道の燈籠に火がはいっていた。石畳の参道はうっすらと雪におおわれている。

策之助が撃ち込んできた。津久間は前に出していた足を大きく後ろに引きながら、策之助を十分に呼び込んでおいてから、右にまわり込むようにして刀を撃ち込んだ。

「うぐッ」

策之助の口からうめきが漏れた。津久間の刀が、肩口をとらえたのだ。

津久間は間髪を容れず、片膝を崩しかけた策之助の胸を逆袈裟に斬りあげた。刀は策之助の胸を断ち斬り、顎を砕いた。

「んぎゃー！」

策之助は闇を切り裂くような悲鳴を発して、寺の参道にどさりと倒れ、雪煙をあげた。その体が、燈籠のあかりに浮かび、地面をおおった雪が、ゆっくり血に染まっていった。

津久間はぜえぜえと喘《あえ》ぐと、その場に両手両膝をついた。背中を波打たせながら、何度も大きく息を吸ったが、突如、激しい咳に襲われた。

コホンコホンという咳が、森閑《しんかん》とした寺院の境内にひびいた。

七

伝次郎と丈助は、明神下の須雲屋に来たが、小一郎と成吉は店の中で銀兵衛と会っていると小僧に聞かされ、ほっと胸をなでおろしていた。

待つほどもなく、小一郎と成吉が店から出てきた。小一郎の顔つきが変わっていた。

「なぜ、ここに？」

伝次郎はいやな胸騒ぎを覚え、もしや賊が小一郎たちを尾けているのではないかと思い、じっとしていられなくなったと話した。

「いらぬ心配を……」

「それで、わかりましたか？」

伝次郎が聞くのへ、小一郎は歩きながら答えた。

「おかるをよく知る男がいる。角造《かくぞう》という掏摸《すり》だ。いまは足を洗っているらしいが、なにをやっているかまでは銀兵衛は知らなかった。おかるはその角造の娘らしい」

「掏摸の娘……」

「角造が十七のときに女に孕《はら》ませた子らしい。母なし子で、角造に育てられたのだが、親が親だけにおかるはまっとうには育っていないようだ」

「それで、角造の居所は？」

「中之郷横川町《なかのごうよこかわちょう》だ。銀兵衛はまだそこに住んでいるかどうかわからないといったが、今日のうちに会っておこう」

小一郎は足を速めた。伝次郎たちもそれにあわせてつづく。

降っていた雪はやっとやんだが、地面は白くおおわれていた。風がその雪を払い地肌をのぞかせる。

大橋の上はさらに風が強く、小一郎の羽織がひるがえり、伝次郎の小袖の裾がめくれあがった。髪が乱され、寒風が顔に吹きつけてきた。

橋をわたると、小一郎は竪川沿いの道を辿らず、回向院北の道をまっすぐ東へ進んだ。そのまま行けば大横川にぶつかる。

成吉と丈助の持つ提灯が足許を照らしているが、雪あかりがあるので、歩くのに難渋することはなかった。

本所入江町に来ると、今度は大横川沿いの河岸道を北へ辿る。しばらく行けば法恩寺橋だ。その手前は清水河岸《しみずがし》という。

伝次郎が美代たちを見たのはそこである。そのときには、八重も生きていた。そして、八重といっしょに歩いていたのが父親の邦三だったのか、それとも成田屋吉兵衛だったのか、伝次郎にはいまだ判然としなかった。

しかし、肩で風を切って歩く美代の姿は、いまでも瞼の裏に浮かぶ。ただ、あのときしっかり顔を見ていなかったのが悔やまれる。

「この町屋のはずだ。重《じゅう》右衛門《えもん》店《だな》という長屋だ」

小一郎が足を止めていった。

「それならわかります」

いったのは丈助である。さすが、本所方の道役だけあり、土地に通じている。案内しろと小一郎にいわれた丈助が先に立った。

そのとき、伝次郎は美代たち一党を見たとき、ひょっとしたら彼らは角造の家から河岸道に出てきて、竪川のほうに歩いていったのではないかと考えた。しかし、いまはそんなことはどうでもよいことである。

重右衛門店は同じ町にある御用屋敷のそばにあった。角造を逃さないように、木戸口に伝次郎と丈助が立った。長屋の奥は行き止まりで、出入口はそこしかない。

小一郎と成吉が長屋の路地にはいってゆき、一軒の家の前で立ち止まった。他の家は腰高障子にあかりはあるものの、どこも戸を閉めきっている。

訪ねた家の戸が開き、小一郎が家の中に消えた。表に残った成吉が、伝次郎を見てきた。

「伝次郎さん、行きますか？」

丈助が不安の色を浮かべた顔を向けてきたが、伝次郎は「いや、待て」と引き留めた。すぐに小一郎が表にあらわれ、足早にやってきた。

「どうしました?」

「角造はいねえ。やつは十日ほど前に家を出たそうだ。いま住んでいるのは一昨日越してきた大工だった」

「角造の行き先は?」

聞かれた小一郎は、わからないといって、長屋の路地を振り返った。

「角造は三年ほどこの長屋に住んでいたようだ。誰か知っているものがいるかもしれねえな……」

顎をなでた小一郎は、片端から家を訪ねて角造の行き先を知らないか聞いてみようと、きびすを返した。みんな、手分けして角造のことを聞いていった。

すぐに引っかかる話が聞けた。十日ほど前に角造の家に女を含めた四、五人の男たちが出入りをしていたというのだ。そのなかのひとりは大小を差した侍だったらしい。

手分けして聞いてきたことを話し合ったみんなは目を光らせた。

「美代と大江正之助がいたんだ」

小一郎が羽織の襟を立ててつぶやけば、

「それじゃおれが見たのは、角造の家を出た連中だったのかも……」

と、伝次郎は遠くを見る目になってつぶやいた。

「旦那、角造の行き先もわかっています」

成吉が勇み立った顔をした。角造は長屋の隠居爺に、深川森下町《もりしたちょう》の一軒家に越すと自慢そうにいったという。

「弥勒寺橋《みろくじばし》のそばらしいな」

小一郎は暗い空を眺めた。

雪はやんでいるが、雲は低くたれ込めたままだ。ときおり、ごおーっと吹き流れてゆく風の音がした。

「広瀬さん、ここまでわかったんです。あらために行きましょう」

伝次郎が声をかけると、小一郎は強くうなずいた。

「そのまま、賊を生け捕ることになるかもしれねえ。心してかかるぞ」

小一郎はきゅっと唇を引き結ぶと、うっすらと雪におおわれた道を急ぎ足で引き返した。

竪川に出ると、川沿いに河岸道を歩き、二ツ目之橋をわたってまっすぐ進む。最初にあるのが弥勒寺橋である。

角造はその橋の近くの一軒家に移っているはずだった。

「ここからは安宅も近いですね」

伝次郎が橋をわたりながらいえば、小一郎もそれに応じた。

「大江正之助が一時住んでいた六間堀町もすぐそばだ。おかるを置いて、成田屋吉兵衛を誑かした家だ」

角造が越したらしい家は、近隣の小料理屋に訊ねるとすぐに見当がついた。

「ここだろう……」

弥勒寺橋から半町もない場所に建つ家だった。目の前には五間堀川《ごけんぼりかわ》が流れている。

「旦那、この番太郎が出入りの人間を見ています」

丈助が近くの木戸番小屋の番太郎を連れてきた。

「これを見ろ。この二人がいなかったか？」

小一郎が人相書をだすと、番太郎は提灯のあかりを頼りに、食い入るように見た。

「この侍と女に似ている人を何度か見ました。年寄りもいれば、あまり柄のよくない遊び人風の男も見てます」

番太郎はこわごわと、顔を小一郎に向けて答えた。

「よし、帰っていい」

そういう小一郎に、番太郎は興味津々という顔で、捕り物ですかと聞く。

「いいから、行け」

小一郎は番太郎を追い払うと、目の前の一軒家の木戸門に入った。一間も歩かず家の戸口になる。伝次郎は丈助と成吉を家の裏にまわした。

小一郎が戸口をたたき、耳をすます。家の中にあかりは感じられない。小一郎は何度か同じことを繰り返したが、やはり返答はなかった。伝次郎は雨戸の隙間に目をつけたり、窓に耳をつけたが、人の気配はなかった。

「誰もいないようだ」

「入ってみましょう」

伝次郎がそういったとき、家の中から人のうめくような声が聞こえてきた。

「広瀬さん、聞きましたか……」

小一郎も気づいたらしく、じっと耳をすました。

「ううっ……うう……ううっ……」

うめく声に、畳をすったり、蹴《け》る音が重なった。

とっさに、小一郎が戸を引き開けようとしたが、かたく閉まっていて開かない。

それを見た伝次郎は、かまわずに戸板を蹴破って、家の中に飛び込んだ。

第六章　雪

一

暗い家の中に、黒い人影があった。その人物は、土間そばの座敷と奥の座敷の間にある柱に縛られていた。猿ぐつわを嚙ませられているらしく、低いうめきを漏らしつづけている。

「伝次郎、あかりだ」

小一郎にいわれた伝次郎は手探りで、居間の行灯を見つけて、火をつけようとしたが火種がない。裏にまわっている成吉と丈助を呼び入れて、提灯のあかりで行灯に火をつけた。

その間に、丈助が座敷の燭台《しょくだい》に火をともした。あっという間に家の中があかるくなった。

柱に縛られていた男は、縛《いまし》めをほどかれるとぐったり疲れた顔で、しばらく横になって喘ぐように呼吸をした。

「み、水を……飲ませてくれ……」

うつぶせになったまま要求するので、成吉が台所から汲んできた水を飲ませると、男はゴクゴクと喉を鳴らして飲んだ。

「おまえは誰だ？」

小一郎が静かに聞いた。男は相手が町方だとわかったからなのか、警戒の色を目に浮かべて、伝次郎をなめるように眺めた。

「角造という男が住んでいたはずだが、おまえは知らないか……」

「……角造は……あっしです」

伝次郎は驚いたように小一郎を一度見て、角造に目を戻した。

「どうしてこんなことになった？」

「……あいつら、おれの娘を殺しやがった」

角造はてんで答えになっていないことを口走ってつづける。

「おれを飢え死にさせようとしやがって、くそッ、こうなったらなにもかもしゃべくってやる。だけど旦那、その前にいっておきますが、おれは殺しにはなんの関わりもねえですからね」

「おまえをこんな目にあわせたのは誰だ？」

「お美代です。なにもかもあの女が仕組んだんだ。大江正之助という浪人とつるんでね。ろくな野郎じゃねえ」

「そいつらはどこにいる？」

「はっきりわかりませんが、洲崎《すさき》でしょう。やつらが出て行くとき、そんな話をしていたんで……」

「深川の洲崎か？」

「さあ、それは……品川かもしれませんが、よくわかりません」

「広瀬さん、とにかくこいつの話を聞きましょう」

伝次郎は小一郎から角造に目を向けて、ことの経緯《いきさつ》を話すようにうながした。

角造の話は長かった。

角造と美代が知り合ったのは一年ほど前のことだった。それは遊び人仲間の辰吉《たつきち》の仲介があってのことで、

「ケチな掏摸《すり》なんかやめて、大きな稼ぎをしないかい」

美代が色目《いろめ》を使って話しかけてきた。掏摸は危ない橋わたりで、たいした稼ぎにはなっていなかったので、角造はどんな仕事だと興味を持った。

美代はうまくいけば、一仕事で少なくとも百両は稼げるという。その仕事は美人局だった。だが、美代は誰にもわかることではないし、相手を選びさえすればお縄になることもないと自信ありげに、角造を口説いた。

「相手には大事な女房もいれば世間体《せけんてい》もある。娘や倅もいる。自分の恥を身内にさらすことはないし、大方泣き寝入りが相場さ。もちろん、御番所にも訴えられない。世間に知られれば、物笑いになるだけだ。稼ぎはその都度でちがうだろうけど、うまい商売だよ。掏摸は捕まればそれでおしまいだ。そうじゃないかい」

美代はうっとりした顔を角造に近づけてきて、色仕掛けで口説く。

「なァ、角造の旦那、いい思いをしようじゃないのさ……」

女ひでりがつづいていた角造は、話に乗れば美代を抱けると思い込んだ。それに悪い話ではないし、たしかに身の安全をはかりながら稼げる仕事に思えた。誘いに乗ったのはすぐだが、美代はそこで相談があるのだという。

「あんたにはおかるって娘がいるね。あの子にも一仕事頼みたいんだ。なに、朝飯前の仕事だよ。あんたから頼んでくれないか。あとの話はわたしがするからさ……」

「おりゃあ、娘を使うのはいやだから、他をあたってくれといったんだが、ここまで仕事の話をした手前、あとには引けない、どうしてもおかるの力を頼りたいといいやがんです。まあ、そこまでいわれりゃ、いやといえねえ質《たち》だから、おれも折れたんです」

それでおかるが美人局の役を演じることになったと、角造は水を飲んで舌を湿《しめ》らせる。伝次郎たちは黙って、つぎの話を待った。

おかるは、美代が目をつけた商家の主を誘惑する仕事をはじめた。水茶屋の

〝女〟をしているぐらいだから、おかるは美代に指図された商家の旦那たちをいとも容易《たやす》く口説いた。

最初の〝餌食《えじき》〟になったのは、浅草御蔵前の札差《ふださし》・近江《おうみ》屋の主だった。つぎが神田佐久間町《だくさまちよう》の薬種《やくしゆ》屋・三浦《みうら》屋惣《やそう》右衛門《えもん》、つぎが下谷御数寄屋町《したやおすきやちよう》の町名主《まちなぬし》・六左《ろくざ》右衛門《えもん》だった。

仕事はうまくいった。角造はおかるを使われることに抵抗があったものの、親に断りもなく体を売る水茶屋商売をやっている娘だったので、しだいになんとも思わなくなっていった。

美代の〝仕事〟の段取りはこうだった。

まず、これはと思った男に美代が目をつける。それはあまり大きな商家だと面倒なので、そこそこ儲《もう》かっていそうな店の主だったたし、世間体を気にするものたちばかりだった。

相手が決まると、おかるが接近して口説《くど》き落とし、二、三度出合茶屋《であいぢやや》に誘い込む。このとき、おかるは相手に気を持たせるだけで、体を許しはしない。

今度こそはというときには、美代が前もって借りていた長屋や家におかるがおびき入れて二人だけになる（ただし、御蔵前の札差・近江屋のときは、近江屋が持っている向島の寮《りょう》〈別荘〉が使われた）。

そこへ、美代の男である大江正之助が乗り込んでいく。そのときに角造や、仲間の辰吉、そしてもうひとりの仲間、権三郎《ごんざぶろう》もいっしょである。

乗り込まれた相手は、ただそれだけでまっ青になるし、なんとか許してくれと平身低頭《へいしんていとう》で詫《わ》びる。そこで、大江正之助が示談《じだん》を持ちかけて、金を都合させる。

角造と辰吉、そして権三郎は金の取り立てに行ったり、町奉行所に訴えられないように見張りに立ったりした。

示談金はすんなり払われることもあったが、二度に分けられることもあった。そうやって集められた金の分配を美代がする。

文句のひとつもいおうものなら、大江正之助が刀に物いわせて脅すので、角造たちは黙ってしたがうしかない。それでも、分け前は掏摸の稼ぎよりはるかによかったから文句はなかった。

「だが、成田屋はそううまくいかなかった」

伝次郎は話の腰を折って、角造を凝視する。

「そうです。成田屋には邪魔が入っちまった。女房のお久が気づいちまったんです。まあ、そんなことはおれたちゃ知らなかったんですが、八重というお久の姪が出てきましてね。それで妙なことになっちまったんです」

「それはいつのことだ？　八重が出てきたということだが……」

「半月も前だったでしょうか……」

角造は少しくぼんでいる目を宙に彷徨《さまよ》わせて答えた。

「二月ほど前に成田屋吉兵衛は鴻巣屋から三十五両を借りているが、八重が出てきたのはそのあとだな」

「さいです。成田屋はしぶい男でして、家の中にあった金はたったの二十両です。それじゃ話にならねえから、金をこしらえさせようってことになったんです」

「そのあとで、おまえたちは成田屋の倅と娘にも金を都合させている。そのとき、いっしょにいた男は角兵衛といったそうだが、それはおまえのことではないか……」

「ヘッ……そこまでわかってんで……」

角造は臆面もなく苦笑いをする。恰幅がいいので、京屋の番頭だと偽っても知らないものにはわからないだろう。

「お久を殺《や》ったのはいつだ？」

小一郎は吸っていた煙管の煙を、角造に吹きつけた。

「……十日ほど前だったでしょうか」

角造は声を小さくしてうつむく。

小一郎は煙管を煙草盆に打ちつけ、問いをつづけた。

「なぜ、兄である邦三の家の床下に埋めた？」

「そりゃ……」

「ここまでしゃべったんだ。はっきり答えろ」

小一郎は角造の顎を強くつかんで引きよせ、にらみを利かせた。

「正直にしゃべりゃ、いくらか罪は軽くなる。首を刎《は》ねられたくなかったらそうすることだ。だが、ここで嘘をいったら、おめえの雁首は胴体から離れることになる」

小一郎はいつになく鋭い目で、いい聞かせるように静かにいう。そのことがかえって不気味なのか、角造の額に脂汗《あぶらあせ》が浮いた。

「お久は見せしめのために殺されたんです」

「見せしめだと……」

小一郎が眉間にしわを刻むと、角造は観念《かんねん》したように話しはじめた。

二

お久は亭主の吉兵衛がどうも強請《ゆす》られていることに感づいたらしく、角造たちは見張りを厳重にした。その見張りは功《こう》を奏《そう》し、ある晩お久がこっそり店を抜けだしたのを見た。見張りについていた角造と辰吉は、お久が自身番に駆け込む寸前に捕まえて、

「おいおい、どこに行こうってんだい」

辰吉がお久の手を強くにぎると、お久は激しく抵抗した。角造はその口を掌でふさいで黙らせ、さらに辰吉が脇腹に匕首を突きつけたので、お久はおとなしくなった。

「妙なことしやがると、ぶすりといくからな」

辰吉の脅しにふるえあがったお久は許しを請《こ》うたが、離すわけにはいかなかった。それで、二人で寺島村の実家に連れ込んで監禁した。その際、お久が必死に抗《あらが》ったので、辰吉がこれでもかってほど殴りつけ、足蹴《あしげ》にした。

知らせを受けた美代と大江正之助、そして権三郎がやってくると、お久をどうしようかという相談になり、生かしてはおけないということになった。

「権三郎、楽にしてやりな」

片膝を立てた美代が、長煙管を吹かしながらなんの躊躇もなく命令した。権三郎は顔をこわばらせて角造を見たが、角造は視線をそらした。

「早くおやりよ。面倒なことはさっさと片づけるのが身のためなんだから」

美代は涼しい顔で、まるで虫でも殺せという口ぶりだった。大江正之助は素知らぬ顔で壁にもたれているだけだった。

やがて、権三郎はお久を縛ってころがしている隣の部屋に行き、しばらくして戻ってきた。

「お美代さん、楽にさせてきましたぜ」

「そりゃご苦労。角造、みんなで埋めちまいな。深く埋めることはないよ。あとで八重に見せてやりたいからね」

いわれた角造はゆっくり立ちあがった。お久の死体を埋めたのは、角造と辰吉と権三郎だった。

角造はまさか人殺しの片棒を担ぐとは思っていなかっただけに恐怖したが、もうどうしようもないところまで来ているのだとあきらめた。

八重をその家に連れてきたのは、二日後のことだった。八重は最初はなんの呼び出しかわからなかったようだが、八重がお久から相談を受けていた内容と同じことを美代が口にすると、成田屋吉兵衛を強請っているのが目の前にいる者たちだと悟り、罵りの言葉を吐き逃げようとした。もちろん、角造たちは逃がしはしなかった。

「あんた、あたしらに逆らったり、気に入らないことをすりゃどうなるか教えてやるよ」

美代は蛇のような冷たい目で八重を見ると、そのまま近づいて八重の首筋をするりとなでた。それから、角造たちに顎をしゃくり、

「あれを見せてやりな」

といった。

あれとは、お久の死体だった。

角造たちは床下に埋めたお久を、八重に見せた。とたん八重は膝から崩れ、そのまま気を失ってしまった。

「お美代さん、八重は使えますぜ」

八重が気を失っているときにそういったのは、辰吉だった。

「どういうことだい？」

「八重はいい年増ですが、まだ女の色気を残してます。〝飯盛り宿〟に売り飛ばしちまいましょう。あっしはちょいとその筋につてがありましてね。ヘヘッ。五、六十両で話はつけられると思うんです」

「ほんとうかい。できるんだね」

美代はすぐにその気になって、目を輝かせた。

「ちょろいもんです。向こうは新しい女をいつもほしがっていますからね」

「それじゃあんたにまかせた。八重は生かしておこうじゃないのさ」

それで、八重を連れて隠れ家に移ることにしたが、しばらく家をあけて戻ってこないと聞いていた家の主・邦三が戻ってきた。八重の父であり、お久の兄である。

角造たちは予期しないことに驚いたが、

「この爺もなにかの役に立つだろう。連れて行こうじゃないのさ」

と、美代がいえば誰も文句はいえない。

もちろん、その前に邦三は妹・お久の死体を見せられ、顔色を失っていたし、おびえている娘の八重を見て、すっかり恐怖した。

「爺さん、たてついたら生かしちゃおかぬからな」

大江正之助にそういわれて刀を首に突きつけられると、

「な、なんでもします。ど、どうか命だけは……殺さないでください。頼みます、頼みます」

邦三は拝むように手を合わせて、何度も腰を折った。そんな父親に八重は蔑《さげす》むような目を向けたが、ただそれまでのことだった。

「なるほど、そうだったか……」

話を聞き終えた伝次郎は、自分が法恩寺橋の近くで見たのは、美代たちが邦三の家を出たあとだったのだと知った。

「それで邦三の家を出てどこへ行った？」

伝次郎は角造を見据える。

「成田屋です。隠れ家に吉兵衛を連れて行こうってお美代がいいましたから……それで……」

「それでなんだ？」

「あ、はい。吉兵衛の家で八重が取り乱したように暴れちまって、それでみんなで押さえつけて……」

「どうした？」

「お仕置きをしろとお美代がいうんで、辰吉と権三郎がメタメタにたたいたんです。商売にする女だから、顔には傷つけちゃならねえとお美代がいいます。背中だけにしとけって……。邦三は泣きながら、勘弁してくれと娘を助けようとしましたが、権三郎がやりすぎちまって、そのうち八重がぐったりなったんです。様子を見ると、息が弱くなっていまして、大江さんがこりゃもうだめだから、なんとかしなきゃならないといいます。それで、お美代が身投げに見せかけて大川に落とそうといったんです」

角造は辰吉と権三郎の三人で八重を代わる代わる負ぶって、垢離場（こりば）（新大橋東詰たもとの水垢離場）のそばから大川に落としたといった。

話を聞き終えた伝次郎は、深いため息をついた。

「それで成田屋吉兵衛をその晩に、菊川町の横山数馬様の空き屋敷に連れて行ったんだな」

「へえ……」

角造は肩を落としてうなだれる。

「おい角造、それでおめえはなんでこんなところに縛られていたんだ。さっき、おかるが殺されたからみたいなことをいったが……」

小一郎だった。

「そうです。あいつら、おれの娘を殺しやがったんです。だからもう我慢がならず、お美代をぶっ殺してやろうとしたんですが、他のやつらに押さえられちまって……くそッ」

よほど悔しいのか、角造は目に涙を浮かべる。

話せと、小一郎が先を促した。

「お美代の野郎、裏切るものをひと思いにやるのはおもしろくない。飢え死にするのがどれほど苦しいか、たっぷり味わわせてやろうとぬかしやがった。それで、そこに縛られて、どうすることもできずに……旦那、あの女は鬼です。あんな恐ろしい女はいません。捕まえて八つ裂きにしてください」

角造は両手をついて、小一郎と伝次郎に頭を下げた。

「成吉、こいつに縄を打て」

小一郎の言葉に、角造が「ヘッ」と顔をあげた。

「旦那、そりゃねえでしょう。おりゃあ何もかもしゃべったんです。勘弁してください」

「黙れッ！　てめえの調べはまだ終わっちゃいねえ」

小一郎の一喝《いっかつ》に、角造は後ろ手をついて青くなった。

すぐに成吉が角造に縄を打ち、それから松井町の自身番に移動した。

その間に、伝次郎は自分を襲ったのが、辰吉と権三郎だということを角造の口から聞いたが、そっくり鵜《う》呑《の》みにしたわけではない。また、おかるが丈助の尾行に気づき、うまくまいてから、逆に尾行したということも角造は話した。

「伝次郎、すまねえな。こんな遅くまで付き合わせちまって……」

角造を自身番につないだあとで小一郎がいった。

「それより、美代たちを……」

「わかっている。だが、今夜はもう遅い。明日の朝早く、深川洲崎をあらためよう」

伝次郎は暗い夜空をあおいだ。漆黒《しっこく》の闇だ。いまから深川洲崎に行っても、この闇では往生するだろうし、へたをすれば逃げられてしまう。

「明日は何刻に……」

「早く動く。明け六つ（午前六時）に、汐見橋《しおみばし》のたもとで落ち合おう」

「わかりました。帰りは気をつけてください。やつらは油断なりません」

「わかってる」

三

夜明けは遠かった。

伝次郎が起きたときは、まだ真っ暗で、朝の気配もない。目を覚ましたのは、ドサッという物音に気づいたからだった。

夜具から身を起こし、両手をこすりあわせて、表を見ると真っ白である。空からは綿雪《わたゆき》が降っている。長屋の路地も井戸端のあたりも白い雪でおおわれていた。

伝次郎は火鉢に炭を入れて、しばらくあたたまった。それからゆっくり支度にかかる。紺股引に綿入れを着込み、帯を締める。船頭半纏ではなく、防寒用の袷《あわせ》羽織《ばおり》をつけた。

土間に下りると、新しい草鞋《わらじ》を履き、紐をきつく結んだ。

刀を手にして、一度大きく息を吐きだし、雪の中に身を投じ、まず千草の家に向かった。町屋の屋根も道も真っ白である。

雪はゆるやかな風に吹かれながら舞い落ちている。

千草の店の脇にある路地をはいり、しばらく行ったところに千草の長屋があった。戸口の前に立ち、

（ここに来るのは初めてか……）

と、胸の内でつぶやいて気づいた。

「千草……千草……朝早くすまねえ。伝次郎だ」

隣の家に聞こえないように低声で呼びかけると、ガサゴソと音がして、腰高障子が開けられた。冷たい風を受けた千草がぶるっと肩を抱くようにふるえた。

「朝早くすまねえ。今日は野暮《やぼ》用があって、これから出かけなきゃならない。弁当はいい」

「このところ、なんだか忙しいそうじゃありません。急ぐの」

千草は化粧気のない顔だったが、かえってそのほうが色っぽく見えた。長い睫毛を動かして、じっと伝次郎を見つめてくる。

「茶の一杯ももらいたいところだが、急な用でな」

「大変ね」

「今夜店に顔を出せるようだったら出す」

短く視線をからめて、伝次郎は背を向けた。

いま見たばかりの千草の白い柔肌《やわはだ》が、しばらく脳裏から消えなかった。乱れ髪のたれた胸元にのぞいた肌の白さがまぶしすぎたのだ。

芝翫河岸に行くと、舟の中に積もった雪を掻きだした。小名木川はいつものようにゆるやかに流れており、降ってくる雪を吸い取るように解かしていた。しかし、川縁の石垣や雑草には雪が積もっている。

舟の中の雪を除き終えた伝次郎は、棹を持って雁木を押した。舟はそのまま降りしきる雪の小名木川を、ゆっくり進んでいった。

「いやな夢を見ちまった」

ゆっくり目をあけた美代は、隣で寝息を立てている大江正之助の横顔を見た。それからそっと手を差しのべ、正之助の胸を触った。

「なんだ……」

正之助が寝返りを打って、美代の体を抱きよせた。二人とも一糸《いっし》も纏《まと》っていなかった。互いの肌を触れ合わせ、ぬくもりを分けあう。

「ああ、こうしているときが一番幸せだね」

「どんな夢を見たんだ？」

美代は形よく隆起《りゆうき》した乳房に触れられながら、夢を思いだそうとしたが、それはもう判然としなかった。

「なんだったかしら……。でも、追われているような、そんな夢だったわよ」

「正夢《まさゆめ》にならなきゃいいが……」

ふふっと、正之助が笑った。

「今日は江戸を離れるんだね」

「ああ、箱根《はこね》でゆっくり湯に浸《つ》かって年を越すんだ。いい湯治場《とうじば》がある」

「楽しみだわ」

美代はそういって半身を起こすと、着物を羽織って座敷に行き、

「辰吉、起きな。爺さんに飯の支度をさせるんだ」

と、布団にくるまっている辰吉を足で蹴り、表戸を開けて外を見たとたん、目をみはった。一面銀世界である。

「なによ。この雪……」

美代はぶるっと体をふるわせて、これじゃどこにも行けないと、小さなため息をついた。

「みんな、起きなよ。雪だよ、雪。すっかり積もってるじゃないのさ」

戸口を閉めて、座敷に戻って声をかけた。

邦三が部屋の隅にちょこなんと座って、目をしょぼつかせていた。

「爺さん、飯を炊いておくれ。外は雪だから、今日は足止めだわ」

美代は火鉢の前に座って、

「辰吉、権三郎、いつまで寝てんだよ。早く起きねえかいッ」

と、怒鳴った。

辰吉と権三郎がぶつぶついいながら起きだした。

「雪だって……」

正之助が身繕いをしながらやってきた。

「すっかり積もってるわよ」

「そりゃまいったな。角造の様子を見に行こうと思っていたんだが……」

「なにいってんのさ。あんな男なんてどうでもいいじゃないのさ。どうせ、飢え死にするんだから……」

「誰かに見つけられるってこともある。行って始末したほうがいい」

「でも、この雪じゃ出かけるのが大変だよ」

正之助は雨戸を開けて、表を見た。ほんとだと驚く。

「寒いよ。閉めておくれ。辰吉、茶を淹れてくれないかい」

美代は長煙管をつかんで、刻みを詰めた。

「角造なら、おれが行って様子を見てこようじゃありませんか」

火鉢のそばに権三郎が来ていった。鼻の脇に大きな黒子《ほくろ》のある男だった。

「おまえひとりじゃ心許ない。行くならおれもいっしょに行こう。町方が動いているのはわかってんだから、ここは用心して口を封じておいたほうがいいからな。昨夜、そのことをずっと考えていたんだ」

正之助はそういって、煙管を吸いつけた美代を見た。

「あんたがそうしたけりゃ、そうするがいいさ。とにかく今日の箱根行きはやめだね」

「雪がやんでからにしよう」

四

「ずいぶん積もりやがったな」

伝次郎が合流するなり、小一郎があきれたように周囲の雪景色を眺めた。打裂羽織《ぶっさきばおり》に野袴《のばかま》、手甲脚絆《てっこうきゃはん》、それに編笠《あみがさ》という出《い》で立《た》ちだった。雪を考えてのことだろうが、ほとんど捕り物装束《しょうぞく》といってよかった。

丈助と成吉も紺股引に尻端折りという姿は変わらないが、脚絆をつけ、菅笠《すげがさ》、それに簑を肩にかけていた。

「洲崎にはそんなに家はない。これまでのことと角造の話からすれば、やつらはどこかの家に押し入っているかもしれねえ。空き家を使っていることも考えられる。この雪だし、朝もまだ早い、じっくり探していくが、油断するな」

小一郎がみんなの顔を見て、汐見橋をわたりはじめた。伝次郎たちはそれにつづく。

橋をわたると入船町《いりふねちょう》で、材木置場がある。水に浮かんだ材木に雪が積もっている。

雪は心なし弱くなっており、東の空にうっすらと日の光を見ることができた。

平野川《ひらのがわ》に架かる橋をわたると、そこから深川洲崎だ。

雪を被った松の疎林が、海岸伝いに延びている。春になると潮干狩《しおひが》りのさかんな浜があり、老若男女が裾を膝までめくったり、褌《ふんどし》一丁になったりして貝をあさる姿が見られる。

しかし、いまは閑散としているし、松林の奥は雪でかすんでもいる。

漁師小屋が何軒かあったので、片端から調べていったが、あやしむようなことは何もなかった。

「やつら、ここじゃなくて、品川の洲崎に行ったんじゃ……」

松の枝を払いのけながら伝次郎の前を行く丈助がいう。

「江戸を離れるつもりなら、そうかもしれない」

「やつらはおれたちに目をつけられているのを知っているはずですからね」

「とうに気づいているはずだ」

そうなると、やはり品川洲崎かもしれないと、伝次郎も思う。だが、これまでのことを考えると、美代たちは土地にあかるい本所と深川で悪事を重ねている。やはり、深川洲崎を見過ごすことはできない。

「あそこに家がある」

先を行っていた小一郎が立ち止まって、一方を指さした。

平野川に近い場所に小さな家があった。すっかり雪で埋もれそうになっている。

「伝次郎、おれと成吉で見てくる。ここで待っておれ」

小一郎が成吉をうながして歩いていった。雪道に足跡がくっきりつく。雪は小止みになり、東の空があかるくなった。

ドサッと、松の枝がしなって雪が落ちた。

その向こうから一群の鳥が空に舞った。千鳥《ちどり》である。鳥は弧を描くように飛ぶと、浜辺のほうに降下して見えなくなった。

正之助は権三郎を伴って根城にしている空き家を出たところだった。

「こんなことなら、さっさと片づけりゃよかったんですよ」

権三郎が歩きながらぼやくようにいう。

「まさか雪が積もるなんて考えもしなかったからな……」

「そうじゃねえです。角造のことですよ。お美代さんが、飢え死にさせてやるなんていうからです」

「お美代の考えが気にいらねえのか」

正之助は権三郎を振り返ってにらんだ。一見不気味な顔をしているが、正之助と美代の前では猫を被ったようにおとなしく従順だ。

「いえ、そういうわけじゃありませんが……」

権三郎は亀のように首をすくめた。

「だったらつべこべいうんじゃねえ」

正之助が一言いって、むっつり顔を前に向けたときだった。

松林の先に動くものが見えたのだ。

「権三郎……」

正之助は手振りで、腰を低くしろと注意をうながし、松の陰に隠れて様子を見た。

先のほうに一軒家がある。洲崎に来たときに一度のぞいた家だった。小さな家で、誰も住んでいなかったので、ここを使おうかと考えたが、あまりにも隙間風がひどいのでやめたのだった。

しかし、いまその家に人がはいった。遠目なので誰だかわからなかったが、気づかれないようにゆっくり近づいていくと、打裂羽織に野袴、手甲脚絆姿の男が表に姿をあらわした。編笠の雪を払い、周囲に注意深い目を向けている。

正之助は眉宇をひそめた。もうひとり男が出てきたからだ。正之助は直感で、その男は町方についている小者だと気づいた。すると、編笠の羽織袴姿の男は町方だ。

「どうしました？」

権三郎が怪訝そうな顔を向けてきた。

「ありゃ、町方だ」

「なんですって……」

「さいわい二人だけだ。片づける。ついてこい」

正之助は松林を利用して、さらに距離を詰めた。町方と小者は都合のいいことに、平野川沿いの土手を辿っている。

正之助は刀の下緒《さげお》を使って襷をかけ、鯉口を切った。町方はまったく、こっちには気づいていない。小者はあらぬほうを見て、とんまな顔を空に向けたりしている。

正之助は、うまく二人の背後にまわり込むと、地を蹴って刀を鞘走らせた。着物の裾が風をはらみ、音を立てた。

肩をねらって一撃を送り込んだときに、相手が気配に気づいて振り返った。とっさに、横に倒れるように動き、刀を抜いた。

そこへ、正之助は第二の斬撃を送り込んだが、はじき返された。

「曲者《くせもの》だ！」

叫ぶ小者に、権三郎が長脇差《ながどす》で襲いかかった。二人は組み合っていたが、正之助は町方を片づけるのに必死になった。

八相《はっそう》から袈裟懸けに振ってくる刀を下からすくいあげると、相手の体勢が崩れて、片膝をついた。その隙を見逃さずに、正之助は大上段から刀を振りおろした。

刀は町方の編笠を切っただけだった。その刹那、鋭い突きを繰りだされた。正之助は右にかわしながら刀を横に振った。

「うッ……」

町方の顔がゆがみ、たたらを踏むように下がった。片腕を斬っていたのだ。止《とど》めを刺そうと正之助が足を進めると、町方は脇の川にどぶんと音を立てて落ちた。

権三郎を振り返ると、小者を追いかけている。ところが、その向こうから新たな男二人が駆けつけて来るではないか。

(まずい)

そう思った正之助は、

「権三郎、退《ひ》け。逃げるんだ!」

そう叫んで、美代たちのいる家に向かって駆けだした。

五

「雪か……」

津久間が縕袍を肩に引っかけたまま障子を開けると、真っ白い雪が目に飛び込んできた。

「ずいぶん、積もりました」

お道が台所からやってきて、寒いから閉めてくれという。津久間は言葉にしたがって、障子を閉めると、火鉢の前に戻った。横に布団が敷き放しになっていた。

「さあ、薬を……」

「ああ」

津久間は猫板に置かれた白湯《さゆ》を手にとって、薬を飲んだ。

「無理をするからですよ」

「もういうな。金はちゃんと取り返したんだ」

「それはいいんですけど、体のことを考えてもらわなきゃ。そのせいで寝込むことになったんじゃありませんか」

お道はすっかり女房気取りである。

津久間は昨夜、ひどい喀血をした。体に力が入らなくなり、そのまま横になり、床に臥せってしまった。

お道が寝ずの看病してくれたので、目が覚めたときは幾分楽になっていた。しかし、もう自分の命は長くないと思った。

もっと長生きしたいと思ったのはついこの間のことだったのにと、内心で嘆く。

「朝餉はどうします？　飯は炊けてますけど……」

「あとでいい」

津久間は布団に横になった。お道が上掛けを掛けてくれる。

あおむけになると、火鉢の五徳《ごとく》に置かれた鉄瓶の湯気が天井に上っているのが見えた。

表から鵯《ひよどり》の声が聞こえてくる。

「おれは……」

つぶやくようにいうと、お道が顔を向けてきたのがわかった。なんです、と訊ねる。

「正直に話すが、おれは唐津藩小笠原《おがさわら》家の侍だったのだ」

「………」

「どうにもならぬ下士《かし》だった。出世も望めなければ禄《ろく》も少ない。妻を娶《めと》ろうにも、その余裕さえなかった。そんな身分で江戸詰になった。江戸は楽しいところだ。そう思ったのは最初のころだけだった」

「旦那はやはり大名家《だいみようけ》の……」

「大名に仕《つか》えるというのは名ばかりだ。なんの得もない。一生貧乏暮らしをさせられ、貧乏侍のまま死んでいくだけだ。それがおもしろくなくなってな。こんなことをおまえに話してもわからぬだろうが……」

「話してください」

お道は膝を動かして津久間に体を向けた。

「何もかもいやになった。酒を飲んでずいぶん荒れた。上役を罵り、殿を罵った。まわりにたしなめられたが、腹の中でくすぶっていたものを抑えられなくなった。それで人を斬った。どこの何というものか知らないやつだった」

お道はまばたきもせずに、顔をこわばらせた。

「何人も斬った。それで追われることになった。あたりまえだな」

津久間はふふっと、自嘲の笑いを漏らしてつづけた。

「町方が追ってきた。何人もだ。おれは捕まりそうになったが、かろうじて逃げた。だが、そのとき町方のひとりに、ここを斬られた」

津久間は眉間の傷を指先でなでた。短く咳き込み、また話をつづけた。

「おれは仕返しをするために、その町方のことを調べた。やつを斬るつもりだったが、屋敷を訪ねてもいなかった。いたのは雇われ中間と小者、そして内儀とひとりの倅だった」

「……どうしたんです？」

「斬った。……皆殺しだ」

お道がはっと息を呑んだ。

「ひどいことをした。だが、抑えられなかった。おれは狂っていたんだ。……お道」

「はい」

「地獄とは、生きているこの世が地獄なんだな。……そうは思わないか。おれにはそう思えてしかたがない。生きていてもなんの楽しみもない。考えてみれば、生まれてこの方ずっと地獄の中で生かされている気がする。幸せになるものもいるんだろうが、おれのこれまでは地獄だった。もっとも他の生き方もあったのだろうが、人付き合いもへただし、上役によく思われようなんてことも考えなかった。のけ者だった。誰もがおれを避けるようにして、陰で悪口をいっていた。あげくの果てに、こんな体になってしまった」

「………」

「ついてない人生だ」

「そんなこと……いわないでください」

津久間はお道を見た。

お道は泣いていた。

「わたしもこの世は地獄だと思っていました。でも、旦那に会って、こんなところで暮らしているけど、いまが楽しいんです。ここは地獄じゃありません」

お道はそのまま津久間に覆いかぶさってきた。

「変なことをいわないで旦那。……元気になって。元気になろうよ。そうすりゃきっといいこともありますよ。だから旦那、病気を治そう。わたし、一生懸命看病するからさ。ねえ、弱気なことをいわないでくださいよ」

お道はおいおいと泣いた。その背中をやさしくなでる津久間は、宙の一点を見据えて、年が明けたら沢村伝次郎を探そうと決めた。

（おれの命はもう長くない。やつを道連れにする）

気持ちをかためるように心中でつぶやくと、また激しい咳に襲われた。

六

「いいから行け、かまうことはない」

小一郎はそういうが放っておけなかった。伝次郎は小一郎の左腕を止血すると、

「成吉、広瀬さんを近くの家に連れて行け。このままでは凍《こご》えてしまう」

と、指図をした。

大江正之助に腕を斬られ、平野川に落ちた小一郎はずぶ濡れだった。ぶるぶると
ふるえているし、唇は紫色になっていた。

「伝次郎、かまうな。早く行け。行くんだ!」

小一郎は怒鳴るが、伝次郎は落ちついた顔を成吉に向け、

「成吉、わかったか」

と、もう一度いいつけて立ちあがった。

「広瀬さん、この雪です。逃がしはしません。それに足跡があります。丈助、二人だけで成敗《せいばい》する。まいるぞ」

伝次郎は襷をかけながら、正之助と権三郎の足跡を追って松林の中を急いだ。海から強い風が吹いてきて、雪を舞い散らした。

視界が遮られるが、それは束の間のことである。

松林の先に見え隠れしていた正之助と権三郎の黒い影が見えなくなった。しかし、慌てることはなかった。二人の足跡はくっきりと雪道についている。

ガラッと、勢いよく戸が開き、雪風といっしょに正之助と権三郎が髪を振り乱して戻ってきた。

「なんだい、血相《けっそう》変えて。角造の始末をしに行ったにしては早いじゃないのさ」

美代は長煙管をぷかりと吹かした。

「町方だ」

息を喘がせながら正之助がいう。

「……町方がどうしたんだい」

「町方が来ている。すぐそこにいるんだ」

「なんだって」

美代は予期しないことに驚き、目を見ひらいた。

「ひとりは斬ったが、他にもいる。おそらく三人だが、あとから加勢が来るかもしれねえ。のんびりしている場合じゃないぜ」

「どうするのさ。この雪だよ」

美代は立ちあがるなり、障子を開けて、外の様子を見た。雪の降りはさっきより弱くなっているが、海風が強くなっていた。

「逃げるか、やってくる町方を片づけるか、二つにひとつだ」

美代はさっと正之助を振り返った。

「逃げるとしたら……」

その言葉に、辰吉が答えた。

「逃げるとしたら、橋をわたって弁才天《べざいてん》の裏から平井新田《ひらいしんでん》のほうに行くしかありませんが、新田もこの分じゃ雪に埋もれているんじゃねえでしょうか」

「それじゃ逃げられないっていうのかい」

美代は目をみはって辰吉を見た。

知らず知らずのうちに、胸の鼓動《こどう》が速くなっている。

「やってきましたよ」

戸口のそばにいた権三郎が、表を見てみんなを振り返った。

「くそ、足跡を追ってきたんだ」

正之助が地団駄《じだんだ》を踏むような顔で吐き捨て、表を見た。それからすぐに美代を振り返った。

「やってくるのは二人だ」

「どうする？」

「逃げても雪道に足跡がつく。やつらはそれを追ってくる。当分逃げるのは無理だ」

「それじゃ」

「やるしかない」

正之助はすらりと刀を抜くと、

「権三郎、辰吉、相手は二人だ。どうにかなる。逃げるのは二人を片づけたあとだ。刻を稼ぐことができりゃ、逃げ道はある。行くぜ」

といって、表に飛び出していった。それに、権三郎と辰吉がつづいた。

美代は邦三を見て、にやりと笑った。

「あんたを生かしておいてよかったよ」

「待て」

伝次郎は足を止めて、丈助を制した。

一軒の家から正之助たちが飛びだしてきたからだ。おのおの手に刀を持っている。

「やつら、かかってくる気ですよ」

丈助が白い息を吐きながらいう。

「望むところだ。丈助、あの三人はおれが相手をする」

「えッ」

「おまえはあの家に押し入って美代という女を捕まえろ。殺すんじゃない、生け捕りにするんだ」

「で、でも伝次郎さん、ひとりで……」

「心配には及ばぬ」

伝次郎は数歩前に進むと、両足を大きく開き、刀を抜いた。正之助たちが徐々に近づいてくる。

海から吹いてくる強い風が、ゴオーッと鳴り、松の枝が揺さぶられ、積もってい
た雪が吹き散らされた。

正之助たちは十間ほどの間合いを取って立ち止まった。

「大江正之助だな」

伝次郎は問うた。

「てめえ、町方の手先《てさき》のようだな。他に仲間は何人いる」

「じきに三十人ほどの捕り方がやってくる。逆らっても無駄なことだ」

はったりだったが、正之助たちは人数を聞いたとたん、動揺の色を見せた。辰吉
と権三郎は驚き顔で見合った。若禿で眉が薄く、鼻の脇に大きな黒子があるのが権
三郎である。角造から聞いているので、伝次郎は察しをつけた。

「おとなしく縛《ばく》につくのが身のためだ」

伝次郎は静かに足を進めた。賊の家に近づくために、大きくまわりこむ丈助の姿
を目の端でとらえた。

「ほざけ、町方の手先ごときに説教なんざされたくないわい」

「やるというなら、容赦せぬ」

伝次郎は右手に持った刀を下げたまま、ゆっくり進みでた。横面に雪まじりの風が吹きつけてくる。

辰吉と権三郎が、正之助を真ん中にして左右に広がった。

伝次郎はゆっくり、地歩《ちほ》を固めるようにして三人に近づいていった。

両者の間を雪煙が吹き流されてゆく。

疎林を吹きわたる風が音を立てる。

正之助が地を蹴った。伝次郎は片手で持っていた刀を両手でつかむと、右八相《はっそう》に構えた。

正之助が袈裟懸けに斬り込んできた。伝次郎は体《たい》を開いてかわすなり、剣尖《けんせん》を伸ばして正之助の肩に一撃を見舞ったが、わずかのところでかわされた。すぐさま体勢を整え、正之助と正対する。

刹那、左から権三郎が斬りかかってきた。伝次郎は右足を軸に、くるっと回転しながら権三郎の片腕を斬り飛ばした。

「ぎゃあー」

権三郎が獣《けもの》じみた悲鳴をあげた瞬間、切断された腕が血筋を引きながら宙を舞い、真っ白い雪にどさりと落ちた。

権三郎は斬られた腕を押さえて、狂ったようにのたうちまわっている。

正之助がじりじりと間合いを詰めてきた。伝次郎は右にまわりながら、邪魔になる編笠を脱ぐために、紐をほどいた。

正之助が電光石火の突きを送り込んできた。伝次郎は左にかわしながら脱いだ編笠を、正之助に投げた。編笠をよけるためにわずかな隙ができる、その瞬間をねらって反撃を試みようとしたが、正之助は飛んできた編笠を斬り飛ばすと、その勢いをかって刀を鋭く横に薙いできた。

びゅっ、という不気味な風切り音が鳴り、伝次郎と紙一重の空隙《くうげき》をかすめた。

「できるな」

ふふっと、正之助が口辺《こうへん》に不敵な笑みを浮かべた。

伝次郎は獣の目になって正之助の隙を窺う。そのとき、辰吉がそばにいないことに気づいた。丈助を追って賊の家のほうに駆けていったのだ。

だが、いま伝次郎は目の前にいる正之助を倒さなければならない。

伝次郎は間合いを詰めた。正之助も恐れずに接近しながら、青眼《せいがん》から剣尖を下げて、右下段に構えた。伝次郎は右八相のまま進む。

鬢《びん》のほつれ毛が風に揺れる。

雪片が顔に張りつき、解けて頬をすべる。

伝次郎は袈裟懸けに斬り込んでいった。正之助が下からはねあげ、胴を狙って刀を振る。斬られてはたまらない伝次郎は、とっさに飛びすさってかわす。間髪を容れず、正之助が上段から撃ち込んでくる。

伝次郎は右にかわし、松の木を挟んで正之助と対峙した。

正之助の息があがっている。伝次郎はそうでもない。普段の船頭仕事で体力をつけているのだ。

二人はゆっくり動いて、松の木から離れた。

間合い二間。まだ刃圏ではない。

じりっじりっと、間合いを詰める。間合い一間になったとき、伝次郎は前に飛んだ。正之助も斬りかかってくる。

伝次郎は足を送り込みながら、刀を左へ移すなり横に振り切った。瞬間、両者は交叉して離れた。正之助の刀は伝次郎の肩すれすれの空隙をかすっただけだった。

伝次郎はしばらく残心《ざんしん》を取って動かなかった。剣尖は雪を降らす天に向いている。

正之助の体がよろめき、そのままどさりと雪の中に倒れた。

ふっと、息を吐いた伝次郎は、すぐに正之助に近づき、襷にしていた刀の下緒で、正之助の両手を背後にまわして縛り、それから首にまわして縛りつけた。これで喉に紐がかかっているので、暴れることができない。

もっとも基本的な早縄《はやなわ》の要領だが、町奉行所時代に培《つちか》った捕縄術を心得ているからこそできることだった。

正之助は死んではいない。伝次郎は最後の一撃を送り込む際、瞬間的に刀の棟《むね》を返していたのである。

伝次郎に休んでいる暇《いとま》はなかった。賊の隠れ家に目を向けると、家の前で丈助と辰吉がもつれ合うように雪の上を転がっている。

伝次郎は走った。

七

雪だらけになって丈助を組み敷いた辰吉が、長脇差を振りあげた。丈助の首はその辰吉の膝でがっちり押さえられているので、抵抗できない状態だった。

そして、辰吉は歯を剝《む》きながら長脇差を振りおろした。

「つッ」

短い悲鳴を漏らして、その辰吉の体が横に倒れた。

駆けつけてきた伝次郎が、とっさに投げた差添《さしぞ》えは見事辰吉の肩に刺さっていた。差添えは正之助を縛りあげる際に奪ったものだった。

肩を押さえて横に倒れた辰吉を見た丈助は、発条《ぜんまい》仕掛《じか》けの人形のように飛び起きると、痛さにうめいている辰吉の後ろ首に十手《じって》をたたきつけた。

「でかした」

伝次郎が声をかけると、

「助かりました。恩に着ます」

と、丈助が礼をいって辰吉に縄をかけた。

それには目もくれず伝次郎は、賊の家に向かった。勢いよく戸を開き、土間に足を進める。座敷に鶯色の小袖に、赤い花柄の羽織を着た美代が、片膝を立てて煙管を吹かしていた。白い太股をさらしている。

だが、穏やかではなかった。すぐ隣にいる年寄りの首に片腕をまわし、匕首を喉にあてがっているのだ。

すぱっと美代は煙管を吸いつけて、細長い紫煙を吐きだした。赤い紅をつけた唇が艶《いろ》っぽい。険のある目に冷たい色を浮かべて、伝次郎を見つめてきた。

「お美代だな」

「あんたは誰だい？　人の家に断りもなく入ってきて無礼じゃないのさ」

「ほざけッ」

伝次郎は座敷に躍《おど》りあがった。

美代は肝を据えているのか、動じる様子がない。

「あたしを捕まえに来たんだろうけど、そうはいかないね」

伝次郎は眉宇をひそめた。

「そこから一歩でも近づいてみな。この爺さんの命はそれで終わりさ」

「ひッ、お、お助けを……」

ふるえながらおびえ声を漏らすのは邦三に他ならない。

「こんなことをしてもためにはならねえ。おとなしく爺さんを離すんだ」

「爺さんを助けたかったら、いますぐこの家を出ていくことだ」

「おまえは逃げられやしない」

「さあ、それはどうだろう……あたしを見くびらないことだね」

美代がそういったとき、丈助が戸口から入ってきた。

それを見た美代に、一瞬の隙が見えた。

伝次郎はすばやく腕を動かすと、正之助から奪っていたもう一本の差添えを投げた。それは一直線に飛んでゆき、邦三の首にまわされている美代の腕に突き刺さった。

「あッ」

美代は目をみはって体をのけぞらせながら刺さった差添えを抜こうとしたが、その間に、伝次郎は抜いた刀を突きつけていた。

美代は横に転んだ恰好のまま身動きできなくなった。

「とんだ悪女だ。この場で成敗したいところだが、それでは殺されたものたちが浮かばれない。おめえにはたっぷり地獄を味わわせてやるぜ。丈助、縄だ」

指図された丈助が素早く動き、美代に縄を打った。

とたん、美代は泣き言を口にした。

「あたしゃ大江の旦那に唆《そそのか》されただけなんだ。あたしゃ女親分のようにまつりあげられて、悪事の助をさせられただけなんだよ。見逃しておくれよ。そうしてくれりゃ、なんだってするよ……」

「黙りやがれッ!」

伝次郎は大音声《だいおんじょう》の怒声を発するなり、美代の横面を思い切り引っぱたいた。

美代は放心したような顔で伝次郎を見返した。その目に涙が浮かんだ。痛みによるものか、嘘泣きなのかわからない。だが、伝次郎には一切同情の気持ちはない。

「邦三だな」

伝次郎は年寄りに声をかけた。

年寄りはそうだとうなずいて、ほっと救われた顔をした。それからすがるような目を向けてきて、

「あっしの娘の八重を知りませんか」

と、聞いてきた。

伝次郎は一瞬呆気《あっけ》に取られた。

(知らなかったのか……)

「八重は……」

伝次郎は言葉を呑み込んだ。ここで悲しませていいものかどうか躊躇《ためら》った。

「八重はこの女の仲間に連れて行かれたんです。どこに連れて行ったかあっしは何も聞かされておりませんで、もしや……」

邦三は目をしょぼしょぼさせた。

伝次郎はそうだというようにうなずいた。

「あんまりだ。あんまりじゃありませんか。八重が何をしたってんです。お久だってそうだ。どうして殺されなきゃならなかったんです。悪いことなんかなにもしちゃいないじゃありませんか……。ひどい、ひどすぎる……」

邦三は肩をふるわせてむせび泣いた。

「さあ、行こう」

伝次郎が邦三の肩を抱くようにして立ちあがらせ、先に美代を連れだした丈助のあとを追ってその家を出た。

雪はいつしかやんでいた。

雲の切れ間から日の光が条《すじ》となって射してもきた。

伝次郎に抱かれるようにして歩く邦三は、ずっと悲しみにむせび泣いていた。

途中まで戻ったとき、成吉が自身番詰の店番たちを連れてやってきた。

「広瀬の旦那は、医者の手当を受けて待っております」

成吉がそう告げて、いっしょに来た店番たちと三人の悪党の縄尻を取った。

八

捕縛した美代、正之助、辰吉、権三郎の四人の取り調べは、永代寺《えいたいじ》門前町の自身番で、その日の夕刻までつづけられた。

正之助に腕を斬られて怪我を負っている小一郎の取り調べは厳しかった。先に捕縛している角造の証言と食いちがう点がいくつもあったからである。

美代の証言だと、

「美人局で金を脅し取るのを考えたのは、角造なんだよ。考えてみりゃあの男がうまくあたしらをまるめ込んだのさ」

だったし、正之助は、

「殺さなくてもいい八重とお久を殺すように指図したのも角造だった」

という。

「あたしゃ、成田屋には慈悲をかけたんだよ。なにも殺すことはないんだ。縛っておいて、誰かに助けられるころには、あたしらは江戸にいないんだから、放っておけってね」

美代はそういって、正之助とともにすべての罪を角造に押しつけようとした。

また、辰吉は、

「角造さんの考えでやったこともあったし、お美代の考えでやったこともあった」

と、曖昧《あいまい》なことを口にした。

とにかくそこにいない角造と、美代たちの証言には食いちがいが多かった。ようするに悪党らは互いに罪のなすりあいをしているに過ぎなかった。

小一郎はそんな調べに難渋したが、とにかく口書《くちがき》を取り終えて、三人を大番屋に送る手はずを取った。

すでに冬の空は暮れかかっていたが、雪はやみ、西の空には夕焼けが見られた。

「伝次郎、此度《こたび》は助かった。礼はあらためてする。これからもなにかと相談に乗ってもらうことになるだろうが、そのときはよろしく頼む」

自身番を出たあとで、小一郎が礼をいった。

「広瀬さん、たびたびだと困りますよ。わたしには船頭という仕事があるんです」

「わかっている。だが、頭の隅に入れておいてくれねえか」

「……考えておきましょう。ですが、わたしのことはあまりいわないでください」

「心得ているさ」

小一郎はにやりと笑った。

伝次郎は自分の舟に戻ると、ゆっくりと三十間堀川を上り、大横川から小名木川にはいった。衰えた冬の夕日が、川面をうすく走っていた。

棹を操る伝次郎は遠くに目を注ぎながら、

(やはり、おれは同心仕事を忘れられないでいる)

と思った。

それと同時に、上役だった酒井彦九郎の言葉が思いだされる。

おれたちの手先となって助ばたらきをする気はないかと打診されたことだ。礼ははずむとも、彦九郎は口にした。

だが、伝次郎にとって金の問題ではなかった。心が揺れはじめているのは、

(悪が許せない)

ということがあるからだ。

しかし、もし酒井彦九郎や小一郎の話を受けるとしても、それは津久間戒蔵を討ったあとでなければならない。

伝次郎はそんなことを考えながら、芝翫河岸に舟をつけると、一度家に戻り、刀を厳重にしまってから、千草の店に足を運んだ。

すでに夕日は落ち、薄闇が漂っていた。道は雪解けでぬかるんでいたが、日当たりの悪い場所にはいまだ雪が残っていた。

角を曲がったとき、暖簾をあげる千草の後ろ姿が見えた。ちょいと背伸びした裾から白い足首がのぞいている。それから掛行灯に火を入れて店に戻ろうとしたが、

伝次郎の気配に気づいたらしく、ふいと顔を向けてきた。

「あら……」

そうつぶやいた千草の顔に嬉しそうな笑みが浮かんだ。

行灯のあかりを受けたその顔は、今朝見たばかりのもの憂い顔とはちがっていたが、伝次郎の心を惹《ひ》きつける魅力を十分湛《たた》えていた。

そんな千草は一歩も二歩も、伝次郎の中に足を踏み入れようとしている。だが、伝次郎は暗黙のままやんわりと拒んでいる。千草はそのことに少なからず戸惑っているようだ。しかし、伝次郎は千草の積極的なまでの接近に嫌悪は感じていない。

心の隅には、いつでも受け入れたいという気持ちがある。それなのにすんでのところで拒むのは、やはり津久間戒蔵のことがあるからだった。津久間を討つまでは自分を律しておかなければならない。そう心に決めている伝次郎は、

(危ねえ、危ねえ……)

と、自分を戒める。

「約束どおりに来てくれたのね。嬉しいわ」

千草が下駄音をさせて近づいてきた。

光文社文庫

文庫書下ろし／長編時代小説
洲《す》崎《さき》雪舞《ゆきのまい》　剣客船頭《けんきゃくせんどう》㈥
著者　稲《いな》葉《ば》　稔《みのる》

2013年3月20日　初版1刷発行

発行者　駒井　稔
印刷　堀内印刷
製本　榎本製本

発行所　株式会社　光文社
〒112-8011　東京都文京区音羽1-16-6
電話（03）5395-8149　編集部
8113　書籍販売部
8125　業務部

ISBN978-4-334-76540-8　Printed in Japan

組版　萩原印刷

お願い　光文社文庫をお読みになって、いかがでございましたか。「読後の感想」を編集部あてに、ぜひお送りください。

このほか光文社文庫では、どんな本をお読みになりましたか。これから、どういう本をご希望ですか。

どの本も、誤植がないようつとめていますが、もしお気づきの点がございましたら、お教えください。ご職業、ご年齢などもお書きそえいただければ幸いです。当社の規定により本来の目的以外に使用せず、大切に扱わせていただきます。

光文社文庫編集部